KB126639

모두가 꽃이다

봄봄

모두가 꽃이다 · 봄봄

산사에서 보내온 아침 문자

보허당 지음

한송들

참회하옵니다

사람이고 싶습니다
물론 껍데기야 인두겁입니다
사람의 탈을 썼으나
정녕 사람으로 사람다움의, 그 참사람인지
불성을 가지고 있되
그 불성이 불성답게
서로 공존의 마음으로 서로 존중하며
내 할 일 내 소임만 하며 사는지
아니면 내 편견에 사로잡힌 오만불손한 삶은 아닌지
골똘히 다시금 생각해 봅니다

이번 생을 살아오면서
자그마한 마음 울림인
그 마음의 평온을
내 지기들께 이야기한 거리
그 거리로 주절인
아침 휴대폰 편지를 묶어

책이 되어 걸음짓하게 되었습니다
이에 덧붙이는 이번 생 몇 조각
이 세상 태어날 수 있도록
마음의 옷을 만들어 주신
부모님께 우선 감사드리고
나와 공존하며 가없는 세월 함께해 온
모든 것에도 아울러 감사드립니다

부모님이 곱게 만들어 주신 옷,
다 닳으려면 한 백년입니다
업식에 따라 달리하는 옷(몸)
그런 옷 한 벌 주신 부모님께서
약속명 붙여 주신 이름 ○○이고
불법 만나 주어진 이름 ○○입니다
지금에 불리는 이름은 ○○님
이름이 ○○님입니다
그렇습니다
낸 그저 나일 뿐입니다
물론 이름도 없습니다
이름 붙일 만한 자리가 없습니다
내야 이게 내야라고 할 만한 내도 없지만
그래도 늙수그레한 작은 모양
그 모양에 이름을 ○○님이라 붙여 부릅니다
이름이 그럴 뿐입니다

이름마저도 붙일 곳 없는 내

그 낸 그저 나, 내일 뿐입니다

그렇습니다, 이름이 그렇습니다

내 이름이 ○○님입니다.

그렇습니다, 이름이 ＿＿님입니다

이름 없는 낸 그저 한 모양 뙈기

모양 없음에 ＿＿님이

한 뙈기 모양 만들어 주절이니

산이 되고 물이 되고

구름 되고 바람 되어

꽃피고 새우는 속에 맺어지는 열매

그 열매 맛은 쓰고 떫고 달고 시고 매우며

보기도 하고 듣기도 하고

말하기도 하고 냄새 맡기도 하며

느끼는 소소영영이 맺어 감에

악업은 악하게 선업은 착하게

악업 선업 여의였으면 여읜 대로

탱글탱글 영글어진 열매 길 갑니다

그 길 등불은 석존의 첫 말씀입니다

"천상천하 유아독존(天上天下唯我獨尊)"과

"자등명 법등명(自燈明法燈明)" 하라는

마지막 유언 말씀을 되새김으로

살아가는 길 나그네입니다

내 마음에 새겨짐을 볼 때

석존의 첫 말씀처럼 이 세상에서

나 홀로 존귀해 우뚝한 존재 내입니다

너 홀로 존귀해 우뚝한 존재 너입니다

이럼에 서로의 존중 존귀함으로

살아가는 여정에 지침으로 되새김하며 갑니다

"내 스스로 내를 비추어 보고 세상 이치에 비추어 보며

내 스스로 빛이 되라" 하시고

"이 세상 빛이 되라" 하신 말씀

그 말씀이 길 이정표가 되어

여리지 길 걷는 길 나그네로

허공에 한 점 티끌을 낳는 오점,

깊이 참회 마음 새깁니다

스스로 지은 모든 잘잘못

지금 이렇게 일심 참회합니다

모두가 다 여리지에 이를 날

그날까지 일심참회로 길, 갑니다

모두여, 행복의 바다에 이릅시다

기해년 삼월 어느 날
보허당

1장

불기 2560년 ✿ 가을

만질 수 없는 내 마음

가슴이 따스할 때

먹먹함으로 다가와

심율(心律)을 잔잔히 흐르게 합니다

그러함에 사랑합니다

나인 너를 사랑합니다

너인 나를 사랑합니다

단 한 번도 헤어짐 없는

나와 너를 정말 사랑합니다

나인 나 나를

영원한 내 님을

넓고 높아 파란 하늘
파란 하늘 심심할까봐
흰 구름 산책 중 맑음 안고 걷는 길에
먹구름 뛰어와 하는 말
"애! 너 왜 그리 하얗노
하얀 게 뭔 구름이가
가벼워 훅 불면 날아가겠네!"

나처럼 이리 묵직해야 구름이지
먹구름 통통한 몸 뒹굴려 봅니다
뒹굴다 옆 냇가 습습 쭈욱 더 무겁습니다
너무 무거워 날기가 힘듭니다
다른 먹구름 떼 지어 옵니다
만나 하는 말 우릉쿵꽝!
단순합니다, 부딪치며 우릉쿵꽝!

바라보는 흰 구름
내 예전 모습이데이
내 예전 얼라 때 저랬데이
흰 구름 하얀 새털 입술

하얀 미소 짓습니다
나는 다 내려놓아 이처럼 새털
한 조각 이슬도 내려놓고
한 조각 욕심도 내려놓고
한 조각 심술도 내려놓으니
우치(愚癡)함 더위에 버무려져
여름 따라 사라져 갑니다

흰 구름 새하얀 새털 치장하고
한가로이 가을맞이,
여물고 여물 가을을
하얀 마음, 하얀 노래로
얘들아 어서 크렴
얘들아 어서 내려 놓으렴
하얀 구름 파란 미소 그렇게 살다가자 하네!

○ 잘 살펴 갑시다. 어디에도 물듦 없이…… 잘
하얀 미소로.

잠,
멀리 떠나보내고
아침 바닷가에 왔습니다
일렁이는
물결은 넘치지 않네요
고운 모랜
쓸리고 쓸리면서 더 곱고
이 넓디넓은 바다를 담은 단지는
무엇으로 어떻게
만들었기에 이렇게
늘지도 줄지도
크지도 작지도
넘치지도 새지도 않네요
알알이
모이고 쌓이고 기대어
얽힘 없이 정연하게
떡하니 많은 물, 바다네요

내 마음도
한 알 한 모양이 모아져

닳아 가는 단지에 담겨서
들락날락 왔다갔다
바람에
밀리고 밀려가는
새지도 넘치지도
더럽지도 깨끗하지도
그냥 그러한지도
살펴보고 다져 보고
챙기고 챙겨 보지만……

챙겨 보니
어허이?……
그렇습니다?!
그렇습니다, 그려!……!!?

○ 잘 보고 갑시다. 미끄러운 빗길을……
미소로 챙김.

뜨겁게 달구던 그 여름날들
뜨거움이 극에 달해
모두 버거워 힘들 때
큰 내가 앞장서네요

바다 머금어 뚱뚱한 먹구름 몰고 와
타는 여름 불 끄려 합니다
뜨거움에 독 안을 따뜻한 모드로 바꿉니다
까맣게 타버릴까 봐 여물 수 있게
우리인 비가 조율합니다

저 멀리서 시작된 작은 바람눈이
거칠 것 없는 넓디넓은 바다 무대에서
부어라 마셔라 흥청망청 몸덩이 덩이로 태풍 되어
흔들고 때리며 옵니다
정신없이!……

바람 앞세운 비는 장단 맞춰 뒤따르고
잔바람은 거두어 뒤안길
맑은 하늘 파란 하늘 푸름 익혀 가는 가을

마무리 지으려는 햇살 따갑게 내리는 구월

구월 아침, 늙은 한 잎 빨갛게
한가히 늙어 가는 가을 길
길손 나부끼는 가을
등 떠밀려 성큼성큼……

여전히 한가히 심심히 늙음
할 일 없어 내리는 비만
할 일 없어 부는 바람만!……
고요히 텅 빔 쓸쓸?!……
그 속 가을 태풍에
우린 그렇게 늙어 갑니다

○ 잘 챙겨 갑니다. 바람에 쓸려가지 않도록
미소에는 역경도.

깜깜한 어둠, 빛나는 별
깜깜한 어둠, 흐르는 달빛
깜깜한 어둠, 끝자락 여명
깜깜한 어둠, 새벽 넘는 아침 햇살

햇살 아침
어둠은 어디로?

빛나는 별 내가 되고
교교한 달빛 내가 되네
어둠을 뚫은 여명 내가 되어
새벽 넘어 햇살
나, 나로 서네

난.
별.
달.
여명.
햇살이고!?

해.
여명.
달.
별.
이들은 나라네!?

헛소리 허튼 말?……

별은 별.
달은 달.
해는 해.
빛은 빛.
나는 나.

어. 뚜렷하네!
어. 어. 확연하네!
어. 어. 어. 탕연하네!!

미소로 여명에。

빗소리 들으며 저녁나절 앞산은 산수 되네요
바라본 산에는 안개 쉼 없이 일고 일어나
온 산천을 헤맵니다
무엇을 찾는지 속속들이 이리저리 훑고 지납니다
놓치는 것 없이 샅샅이 훑어 지나갑니다

여의주라도 있는 걸까?……
호기심에 나도 찾습니다
뭘 저리 찾지!
뭘 찾지??
몹시 궁금합니다
샅샅이 나도 뒤집니다
내 마음 구석구석 뭐가 있기에
이렇게 소소영영한지?

찾고 찾지만 없습니다
아무리 뒤져도 없습니다
안개 따라 온 산천 다 뒤져도 없습니다
샅샅이 뒤져도 없습니다

그런데 이렇게 없는 것까지 아는 놈은 있네요!
아는 놈은 없는 놈을 찾고 있네요!
아는 놈 대체 어찌 생겼을까요?
아는 놈 어떻게 생겼기에
온갖 짓을 다하는지?……

답답해 또 뒤집니다
나올 때까지입니다
잡힐 때까지입니다……
저녁나절 안개는 산천잡기
난 내 마음 속속 뒤지는
아는 놈 찾는 술래잡기!
아는 놈 잡기만 하면…… 콱!

술래잡기 모색창연(暮色蒼然)해집니다
아는 놈 모색창연하니 다음날 찾으렵니다
모색창연한 난 쿨쿨!……
안녕!

○ 잘 살펴 갑시다. 모색창연해지지 말고……
미소에는 해맑음.

한 옛날 석존께서
이런 말씀하셨습니다
같은 물이라도
뱀이 마시면 독을 만들고
소가 마시면 우유 만든다고

이렇듯 밝은 태양 빛도
뱀이 쬐면 독을 만들고
소가 쬐면 우유를 만들고
악한 이가 물과 햇볕 취하면 악함을 만들고
선한 이는 선함을 만들고
삐딱한 이는 비판을 만들고
독 품은 이 독을 만들고
어리석은 이는 어리석음 만들고
지혜로운 이는 지혜를 만들고
화내는 이는 마음 화탕(火湯) 만들고
욕심 많은 이는 심술과 욕심 만듭니다

선정과 지혜 닦는 이가
햇볕, 물 취하면

욕심, 우치, 화냄……
세상 모든 것 지혜롭게
평온한 세상을 만든다

이치가 이와 같음을 알고
남 시기 질투하지 말고
남 업신여기지 말며
남 윽박지르듯 하지 말며
이간하는 두 말 하지 말고
나만 내 생각만이 옳다고
남 가르치려 훈계 말고
오로지 내 자신 잘 다스려
옳고 바른 이 됩시다
나와 남이 이로운 한송뜰
너와 나 하나인 한송뜰
아름답고 온화한 한송뜰
자유인 한송뜰이 됩시다
모두를 나와 같이 봅시다

◯ 잘 살핍니다. 발밑을, 발밑을!?……
미소에는 행복이▪

우리

맑게 태어나던 날

까만 어둠

저 멀리 던졌습니다

그 두터운 덩이

습습 습 밀고 밀었습니다

우리

여리디여렸지만

두터운 바위도 뚫고 나왔습니다

우리

무지, 무지였지만

그 어둠도 헤쳐 나왔습니다

우리

가늘디가늘었지만

험한 세상 홀로 섰습니다

우리

나약하고 나약했지만

온갖 역경 다 견뎠습니다

우리

작디작지만

온 천하 한 아름 안았습니다
우리는
없음인 없음으로
세상 그 모두 사랑합니다

나란 아주 작아
눈에 보이지도 않지만
님들 자락에 걸려 있습니다
난 나랍니다, 그렇게!……
확연무성!

○ 잘 챙깁시다. 나인 '나'를
내게 미소를

빈 뜨락에 홀로
허리 곧게 세워 봅니다
그려 내는 모양들
물끄러미 잠긴 마음
마음은 어느새 비구름 됩니다

이내 구름 비껴 나와
빗줄기로 떨어집니다
떨어져 부딪혀 산산이
산산이 부서진 미진수
모여 이어진 한 모양

떨어진 빗방울
방울 아집 지어 동동
동동 떠도는 내 집 방울집
내리친 빗줄기에 톡! 톡!
터져 부서지는 아집들
동동 떠다니다, 떠다니다
허물어진 아집(아상)이여

우묵해 고인 마당가 빗물
고인 빗물 위 빗방울들
떨어져 동그란 방울집
동동 떠돌다 톡! 톡!
터져 퍼져 하늘 되는 날

오락가락 빗속 안개
도솔산 올라 도솔 하늘
하늘 짚고 물구나무
하늘은…… 거꾸리
땅은…… 거꾸리
푸른 꿈 창공 날아 날다
사바세계 뚝!
나,
이와 같은 날!……
뚝!?

O 잘 살펴 갑니다. 날아날아 나는 곳? 멈춘 곳?
미소 하늘꽃.

나그네
어스름 길
발밑 놓칠세라
뚫어져라 잡아 보네
미끄러질세라 탁 잡아 보네
바람 뒤통수 딱 칠 때
딱 두두둑 딱!
깨진 머리
탕탕!
탕탕!!
살피려 초승달 눈
떼구르르 굴러 발밑
짜르르 기름진 알밤 알
딱 소리 깬 어둠
빼꼼히 까맘 열고 안녕!
해맑음 누리 누리
돌아 돌아온 새벽
어제 같은 새로운 새벽
알알 알찬
어제 같은 처음 새벽

어제 같은 처음인 오늘
어제 같은 처음인 예
매 순간순간 예!
순간의 찰나, '나는' 예!
환!?
딱!?
깸!?

O 잘 챙겨 갑시다. 새로운 날 새로운 순간을······
찰나 미소.

아침 그늘에 가만히 앉았습니다
움직이는 맘
잡으려는 맘
지켜보는 맘
움직이는 몸
꼼짝 않는 몸
이놈들 지켜보는 몸

이 아침 그늘 온통 아수라장
온통 흔들림 부여잡고, 온통 그러한 미소로
팔 턱 괴어 옆을 봅니다

소나무 기대선 밤나무에는
까칠 떨다 떨다 와, 한소리!……
입 벌려 토해 냅니다
알알들을 한송뜰 가을에 헉!
입 벌려 박장대소
툭 툭 뚝 쏟아냅니다, 알알들을……
한송뜰 그러함에
알알들 다 내려놓습니다

한송뜰 이러히 여무는 날에
밤나무 귀엽다 애심도 없습니다
내 아이다 집착하여 잡으려 하지 않습니다
○ ○ ○
말없이 한 알 한 알 뚝!

여무는 날입니다
머금는 날입니다
머금어 심겨지는 날
심겨짐 겨울 지나 봄 되면
봄이면 심어질 얼
쏙, 쏘옥쏙
너도 나도 쏘옥!

한송뜰 한소리
이러히 날리는 날
이러히 늘!……
늘!

○ 잘 살핍니다. 영글어 떨어지는 계절 아는 '마음' 뭘까?
알알한 미소로

앞산 이름 몰라
이름 붙였네
도솔산이라고

작은 암자에 앉아
마주 대하는 님 도솔산
산인 도솔이
눈짓하여 부르는 노래
나와 같이
이와 같이 빙긋한 미소로
그와 같이 흐르라 합니다

비 오는 날이면 비 맞으며
눈 오는 날이면 눈 맞으며
안개 살며시 오면 살며시
산양이 와도 그러하게
멧돼지 와도 그러하게
삵이 와도 그러려니
담비 홀리듯 와도 그러하게
토끼 귀염 떨어도 그러려니

노루 음치 노래도 그러려니
그렇게 그런대로 가자 하네
이런 이 오면 오는 대로, 가면 가는 대로
그렇게 살며 가자 하는데……
부질없이 시간 속 부산히 오갑니다
산인 도솔은 나처럼
살다 가라 하는데……

휴,
우리 삶 도솔산
우리 휴식 도솔산
우리 선불장 도솔산
초연함에 이러하게……
휴휴……

○ 놓치지 맙시다. 순간을…… 찰나를……
미소 이와 같이.

추적추적 내리는 비 따라
바닷가에 왔습니다

비가 와서인지 바닷물
하얀 거품을 입에 뭅니다
쉴 새 없이 머금었다 토하며
하얗게 성냅니다

하얀 성냄이라 추적이는 가을비와
한 시절, 한 장면 조화롭습니다
시인이 된 듯 가을비에 젖어
가슴 울렁여 하얀 포말로
세월은 모래 씻깁니다
모래 하얗게 씻깁니다

내 가슴에 켜켜이 쌓인 진먼지
가을비 하얀 포말에 일어 곱게 씻깁니다
뽀얀 속살 넘어 빔 일궈 잘 가릴 겁니다
바로 보는 님 관세음
바로 듣는 님 관세음

철썩이는 바닷물에 세상 바른 보살로
보살피는 관세음 될 겁니다
내와 어우러진 너
너가 나이기에 보살핍니다
관음이 되어 사바세계를……

추적이는 가을비 따라 나온 가을 바다
밀려오는 파도에 마음 실어 부딪쳐 하얌 만드는 날
그렇게 밀리고 밀려 가을비 내림을 노래하는 날

그리운 내 님 찾아 바닷가 왔건만
갯바위 치는 파도만 하얀 파도 노래합니다
그렇게 그러하게……
그리운 내 님 한 발짝 내디딤 없는 내 안에
그러하게 그러하다고!……

○ 잘 살핍니다. 그리운 내 님 나인 내 님을!
미소로 헛것을…… •

포단 위에 앉아
내 친구인 앞산 봅니다
아름답고 아름다웠던 친구들
갑자기 안 보이네요
세차게 내리는 굵은 빗줄기
하얀 폭포 물기둥처럼
빗물 쏟아져 내리네요

쏟아져 부서지는 빗물
앞산에 살고 있는 아이들
피난 갔는지 안 보입니다
빗줄기 부서짐에
포말이 다 삼켜 고요한 아우성
쫙쫙 퍼붓는 소리만이……

저렇게 내리는 비는
오늘 처음 봅니다
오늘 처음!

실개울 건너 도솔산

소낙비 하얀 물감 푼 듯 하얀데
작은 토굴 마당엔
햇볕이 가을 데려왔네요
개울 건넌 먹구름은
죽죽 내립니다, 비가 되어
실개울 이쪽 토굴 마당에는
따갑게 가을 익히는 햇살
가을빛 내리는 오후!

한가히 한가한 님께
개울 건너 비!
개울 이쪽 해!
다 드리옵니다, 님에게!……

어느새
산 그림자 길게 늘여
해거름
초저녁 향하는 이때!

❍ 잘 살펴 갑시다. 보아서 그렇다고 '아는' 나라고 하는 '이것' 뭔지를?
웃음은 미소‸

팔월 한가위라
세상은 떠들썩하련만
깊지 않은 산중이라도
산중은 산중인지라
풀벌레들 소리만
귓전 울려 지나갑니다
머묾도 없이 달려가네요
귀뚜라미 구월 중순 향연,
내 고요 산중을
심연 깊게 깊이 파고듭니다

심연 깊음은 잴 수 없는 깊이라
내 님은 찾아오기 쉽습니다
한길이라 헷갈려 할 일 없습니다
내 님 쉼 없이 오시도록
열린 길 끝 심연!
망설임 없이 풍덩 심연 속에
풍덩 그 길이 지름길 심연
내 님 어서 오소서
기다림에 바다 마음처럼 깊음!

한가위
둥글어 보름달
만월보살님 오신 날
그믐에는 어디 있다
보름 만월로 오시는지
오신 님 보름 만월
한걸음에 맞이합니다
님이시여
항상한 내 님이시여
천진한 나
나인 내 님이시여
오늘은
팔월 한가위 내 한가위

○ 잘 살펴 갑시다. 보름달처럼 밝게……
한가위 미소

한가위 보름달 뭐가 보기 싫어 구름 뒤에 숨었는지
나올 듯 말 듯 숨바꼭질도 아니고
보일 듯 말 듯 수줍은 연인인 양……

일 년에 한 번인 중추절 팔월 한가위인데
어두운 세상 비춰 오시지
어차피 둥근 달이면서 만상의 보름, 보름인데
뭣이 보기 싫어 구름 뒤에 숨었나요
어두운 밤 비춰빛으로 정교롭게 비춰 오시지
님 기다림 일 년인데 그리운 마음 애끓어 구름 속만……

구름 속 그 님 날 그려 빼꼼빼꼼
구름 헤쳐 밝게 나오려나
구름 걷고 밝게 오시려나
님 그린 이내 마음 밝게 안아 주러 오는 길
꼬옥 감싸 주러 오는 길
살포시 감싸 안아 주려!
구름 심술에 가로막혀 애태우는 한가위 달맞이

구름, 구름, 구름 굴러 떨어지면

내 님!
내 님, 휘영청
밤 어둠길 비춰 오련만
오는 길 구름, 구름 장막
그리움 가랑 가랑한 눈시울 가랑비
살짝이 내려 적시는 밤
님 그린 마음은……

후후 후
달님 미소 내 님 미소
웃는 내 님 웃는 달님
내 님이여
내년엔 웃음 띠며 오소서
내 님이여
내년에 미소 지으며 오소서
그리움에 이 뭣고로 '이' 님 꼭 뵈오리니
그리움에 무엇인지로 '내' 님 꼭 보리오니
한가위 달님 내년에……

◯ 잘 살펴 갑니다. 남의 말에 휘둘리지 말고 나라고 하는 '이' 찾으며
미소로 가는 길.

향현한 한송뜰
산 둘러 병풍 치고
척량골 곧게 세워
좌정하고 앉으니
바라보이는 건 '벽'
꽉 막힌 '은산철벽'
벽, 벽, '벽'뿐이네!
뚫으려고 뚫어 버리려고
애써 앉은뱅이 노릇
짓무른 엉덩이는 무슨 죄가
꼬뱅이 우두둑 부러질 듯

벽, 벽, 은산철벽 꼼짝하지 않네
은산철벽 미동도 없네!
은산철벽 허물려는 내게 미소로
난 이대로……
넌 그대로……

은산철벽 허물려 했는데
은산철벽에 허물어진 나

허물려다 도리어 허물어진 나
은산철벽은 견고히 거기에······

바위에 계란 된 나는 없음이네!
알알이 흩어져 흔적도 없네!
훌훌한 한 조각마저도
은산철벽아 네가 가져가렴!
은산철벽, 너 거기 있기에
나 이제 떠난다네
갈 곳 없는 그 곳
훌 훌~

O 잘 살핍니다. 없음에 걸리지 말고······
미소로 향연에 ·

한 갑자도 넘은 듯
상처로 패인 몸에 송이송이 주렁주렁
금쪽같은 내 새끼 품어 모진 비바람 막아 주며
따뜻한 햇볕 먹이며 목마름에 물 먹이며
맑은 공기 먹여 주며 별 뜨는 밤에 별꿈 꾸며
졸릴 땐 재워 가며 여름 지나 가을 왔습니다

이젠 엄마 품 떠납니다
뚝 떨어지니 다람쥐가
얼른 집어 들고 겉껍질
돌돌 돌려 가며 벗깁니다
맛있게 한 볼 오물오물······
한 톨 밤, 모진 세월 지나니
다람쥐 되어 말합니다, 찍찍
또 한 아이 툭 떨어집니다
옆 땅굴 속 쥐가 주워 들고
냠냠 하니 이내 찍찍찍······
까마귀 가을 하늘 날다 한 알······
까악까악 말합니다
멧돼지도 지나가다 한 톨

고라니도 한 톨
토끼도 한 알
다들 한 톨씩 물고 갑니다

한 갑자, 밤나무 아이 한 톨들
이젠 다름에 제각각
그 아이들이 온 산천을
다른 무리 되어 뛰놉니다
말도 다른 말합니다
뛰는 모습도 제각각
노래 소리도 다양합니다
옷 모양도 다릅니다
옷 색깔도 각양각색
갑자 아이들이
다른 모양을 이루는 가을
한송뜰 강강술래……
이 아침 노래는?!

○ 잘 살핍니다. 나뉨의 길목에서
미소로 가을을.

텅 빔, 점 하나 툭 툭 눈 생겨납니다
두 눈이……
텅 빔, 점 하나 구멍이 생깁니다
콧구멍 두 개가……
텅 빔, 점 하나 굴 굴 뚫렸습니다
두 귀 굴이……
텅 빔, 점 하나 입 생겼습니다
하나 입이……
한 길 9m 입에서 이어진 길 길게
외길 어둠 굴 구불구불 막힘없이 통해 있지만
외부 침입 불가
입문
항문
완벽한 한 몸 구성
생각하는 님 집 완성!……

텅 빔에서 점 하나 생겨 생겨서
보고 듣고 냄새 맡고 맛보고 느끼고 생각하는
여섯 가지로 작용하는데

색 수 상 행 식 오온
그 오온 다루는 님은……

어떨까?
어떻게 생겼을까?
왜 요 모양 만들었을까?
쪼잘하게!?
찌질하게!?
멍청하게!?
교만하게!?
허망하게!?
왜 이 꼴로 살게 만들었을까?

참! 참에는 가타부타가 없습니다
참! 참에는 옳고 그름이 없답니다
참! 참에는 늘 한 몸 이러히!
늘 한 마음은 이러히!

〇 잘 챙겨 갑시다. 한 점 모여 흩어짐을 바로 볼 수 있도록……
미소로 막힘없이

까만 법당 홀로 앉아서
달려온 연우랑 통화합니다
연우의 외마디 어머낫!
연우의 외마디 말과 동시에
내 앉은 자리가 흔들립니다
흔들의자처럼 흔들들들……
지지직~지직 찌그러짐 소리 들립니다
초가집 기둥 틀어지는 소리……

우르릉 웁니다
뒤뜰 담벼락 속 겉이 아니라 땅속 깊이에서
울려오는 울음입니다
우릉 깊은 속 울림입니다
뒤뜰 몸부림 우르르 떨며 우릉쿵 부서지듯 웁니다
놀란 작은 몸들 주춤합니다

지난 여름날에 허공이 천둥번개 요란 떨더니
오늘은 땅속님들 반란입니다
서로 부딪치며 상처나 웁니다
경주에서 난 싸움 울진까지

투다닥 울려 긴장 주네요
작은 나들 천둥벌거숭이 되어
큰 님들 울부짖음에
새파랗게 질려 파르르 떱니다

작은 몸뚱이 어찌될까봐
우왕좌왕 허둥지둥 몸 숨길 곳 찾습니다
그렇듯 소중한 몸인데 지진은 무서워 떨면서
매일 사약 같은 술, 술은 술술 잘도 줍니다
술술한 만큼 술술 시드는 것도 모르고……

알량한 자존심 살짝 다치면 확확 화도 잘 줍니다
은근히 타버리는지도 모르고
서서히 죽어 감은 모른 채
쓰레기장, 화장장 만듭니다
큰 님의 한소리엔 우들우들 떨면서
작은 님들과 신경전 활화산입니다

소중한 자기 자신에게
깨끗하고 건강한 것만 주세요

아프면 나만 힘듭니다
내 몸, 내 맘 관리 내가 하세요
대신해 줄 수 없어요, 누구도!
대신해 주고 싶어도 못 해 줍니다
오롯이 님들 몫이랍니다
내 것은 내 몫이랍니다
하니 여진 잘 대비하시고
여리지길 잘 살펴 갑시다

미소에는 두려움 없음.

한생각
잘못 일어남을 바로 알고
한생각
옳게 일어남도 바로 알자
한생각
일어난 곳 바로 보아서
일어난 생각들 쫓아 산 넘지 말고
내게로 돌아오자
맑고 맑은 내 집
내 마음에 귀의하자
내게 일어난 일들은
모두 내 마음이 지은 것
한생각 일어날 때
바로 윤회임을 알아
일어난 그곳 바로 보자
아는 그 자리 바로 보자
어디에도 휘둘리지 말자
환지본처 자기본처 하자

○ 잘 살펴 갑시다. 진솔하게 자신을……
미소로 한생각을.

꽁꽁 언 뜰 지나
따사로운 햇살 손잡고
찬바람
따돌리며 옵니다
연분홍 봄 물빛 적셔 핀
여린 분홍 꽃이!

하얀
하얀 분홍 꽃
다섯 이파리 사과꽃은
한 잎 두 잎 떨어져
작게 맺어 연두 알
비에 세수하고
햇볕에
그을려 발갛게 익는
가을마당 성큼 딛고서!

한 걸음
붉어지는 미소
익어 가는 가을 미소

가을마당은

사과 한 입 베어 물고

빠알갛게

저산 물들이며 넘어

샛노란 단풍 밟아

오시는 내 님!

오시는 내, 내 님이여!

○ 잘 살펴 갑시다. 이렇게 물든 날엔……
미소로 오는 님.

가끔 그럴 때 휙 날아오는 곳 지리산
딱히 갈 곳 없어 빙 돌아 한 바퀴 지리산
오라 하지도 않는데
반겨 하지도 않는데
혹하니……

오려 한 그 마음 와도 그 마음인데
한나절 고속으로 달렸더니
가죽 푸대 쪼그라져
한 입 허겁지겁 채워진 가죽 푸대 배는
만족할까?!
모르겠네!
아는 놈이야 알 테지!

어서 가자, 어서
아는 놈은 알 테지!
가자, 가자 어디로
아는 놈은 알 테지!
길 없는 그 길
아는 놈은 알 테지!

갈 길 몰라 갈팡질팡
아는 놈은 알 테지!

갈 길 몰라 주춤주춤 끝없는 길
알 수 없는 내 님께

아침 그 자리 그곳엔 낯익음 있을까
어제 그 자리 그곳은 낯설지 않을까
아득한 기억 빙글 돌아 한 바퀴
내 온 곳 그리워지는 해질녘
님 계신 곳에 두 눈 밝혀 허공질주
허공 갈라 바람 쉬익
한달음에 님 계신 곳에
님인 난…… 환!

○ 잘 챙겨 갑시다. 돌아가는 길 잊지 말고
미소로 지리(智異)에.

구월에 털신 신고
누비 조끼 입고
넓은 밀짚모자 쓰고
사뿐한 걸음
쌍봉사
석가여래 뵙기 전
다홍 무릇¹ 한 송이
한 찰칵! 찰칵! 찰칵!
길 늘여 대웅전
길 늘여 미타전
길 늘여 나한전
길 늘여 후원에
길 늘여 파란 하늘 닿습니다
흰 구름 가을 놀이
다홍물 들여 축하 축하
한들한들 송송 올리옵니다
쭉 이은 내 님 전
쭉한 내 님 전에
두 손 모아 무릎 꿇고
활짝 예경합니다

님이시여
내 님이시여
늘 한 님, 내 님이시여!
가없는 날 붉은 무릇꽃 상사화
내 님 전에 올리옵니다
후훗 가을날의 쌍봉사
무릇, 무릇 상사화 활짝 핀 날에……

⭕ 잘 살펴 갑니다. 상사화처럼 과거심 불가득
미소 무릇처럼.

1   백합과의 여러해살이 풀, 초가을에 잎 사이에서 자주색 꽃이 핀다.

보림사에 왔습니다
장흥에 있습니다
꿈속에서도 뵙고 싶었던
철조 비로자나불
대적광전 홀로 계신 님
외롭지도 않으신지
근엄히 자애로운 미소……

탄생하시고는 단 한 번도
쥔 손 풀지 않으셨습니다
한 번도 다리 풀지 않으셨습니다
단 한 번도 한 말씀 없으셨습니다
단 한 번도 공양 안 드셨습니다
시장하지 않으십니다, 우리들 고민 잡수시느라
목마르지 않으십니다, 우리들 생떼 드시느라……

숨 한번 쉰 적 없으십니다, 콧구멍 없으시니까……
눈병 난 일 없으십니다, 눈 한 번도 감지 않으셨으니……
한 번도 화냄 없이 우리 돌보십니다
샘솟듯 그 법음(法音) 끊이질 않습니다

시방법계 두루하게 이렇게 항상합니다

늘 한 미소로 맞아 주십니다
옛 님 이러히 또 나를 품습니다
늘 그리운 님 누구도 탐낼 수 없는 내 님
내 비로자나 부처님 예 계시기에 늘 한 그리움……

이 절절한 그리움이 다하는 날
님 뵈온 날일런지
님 앞에 이러히 앉았지만
그리움은 가시질 않습니다
눈 뜨고 우러르지만 뵙지 못하고
두 귀 뚫려 있지만
님의 무설설(無說說) 듣지 못합니다
님의 무설설에 그저 빙긋 벙어리
그저 말없이 빙긋한 미소만……
님이여 다음에 또 뵈어요, 가렵니다
안녕…….

미소로 흔들림도.

바글바글 끓여서
화탕지옥 가려고
쏘시개 등에 지고
쏘시개 가슴에 담고
머릿속 바글바글
볶아서 말뚱머리
한 짐 지개에 지고
한가득 넘친 바글바글
줄줄 흘리며 다다른 곳
쌍봉사. 운주사. 보림사!

한 가지 짐 내리고
한 지개 등짐 다 부려서
부러진 지개마저도
흘러가는 강줄기에 띄웁니다
티끌 하나도 없이 날려 보냅니다
저 먼 지남의 강으로……

바글바글 길 잊을 겁니다
기억에 없어서 되돌아 올 여지 없습니다

세월가에 부대껴 멍청해

바글바글 미소 지으며 올 겁니다

세월의 강물 따라서

청아한 한 줄기 청하니

내 한 님 오실 겁니다

바로 보고 옳게 들었기에

사뿐사뿐 걸어서……

O 잘 챙겨 갑시다. 저무는 날 헤매지 않게……
미소로 아름다운 길.

지나가는 태풍님에
나 실려 왔네
저 멀리서는 사나웠을 님
내게 오니
소슬한 고운 입김에
고와 한걸음에 영암이라

태곳적 그 기품
올해 처음 뵌 님
그만
멈춰 선 내 발길
올해 한 갑자 그 길
월출한 님
그 내 님 계시기에
지금 나
가을 바람결 소슬히
무위다원 홀로 앉아
내
가슴 저린 옛 님 그려
차 한잔하려네

님 그려

차 한잔 올리려 하네

차 한잔하려 하네

내 님께……

차!

O 잘 살펴 갑시다. 머물 곳 없음에……
어떠함에도 미소.

가을 가득한
무위다원
내 님과
마시는 차는
옥빛 품은 맑은 차

홀로 앉아
님에게
한잔 드리옵니다
이 맑은 차는
오늘만
마실 수 있는 차

님에게
무위 한랑 담아
따뜻이 우려낸
옥빛 머금은
무위차 올리옵니다

무위차는

강진
무위사 무위다원에서
달빛 띄워 우려낸 차

무위차는
내
무위를
달빛 채워 우린 차!

'내 무위차'

○ 잘 잘펴 갑니다. 홀로 가는 길섶을
미소 살짝.

갈대숲 길
긴 포구 길
숲 사이사이
구불구불
긴 포구 샛길
갈바람은
갈대들 살랑여
빛
은빛 물결 하얀 꽃

흰 갈매기
너울 날갯짓이
가을 하늘 살랑이니
갈바람
애꿎은 갈대만 흔드네

푸른 너울은
은빛으로 반짝여
가을 문
물들인 긴 포구길

갈대숲

포구에 띄운 종이배

긴 여행

포구길 따라 갈거나

굳이

긴 여행이고픈 날

굳이 긴……

◯ 잘 살펴 갑시다. 사이사이 포구 길……
가을날 미소로

모릅니다, 불교가 뭔지……

정말 모릅니다, 천주교가 뭔지……

진짜 모릅니다, 기독교가 뭔지……

진정 모릅니다, 기타 모든 종교를……

모릅니다, 우주법계를!

그러나 이젠 알고 모름이여, 안녕!

모름과 앎 한통속
우린 한 하늘 한 티끌

물은 산 바다에 떠 있고
산은 물바다에 잠겼네

김치는 버무려 한통속

메주 물 소금 고추 숯 푹 어우러지면
물은 간장 되어 한 단지에
물 양념 머금은 메주는
된장 되어 한 단지에

지구 단지에 담아진 우린?!
자연김치?!
자연된장?!
잘 숙성시켜서 맛진 멋진 인간미로

확!?
환! 환! 환!
이러하게
솔바람 이는 날에…… 이젠!

〇 빈틈없이 챙깁니다. 알고 모름을 '아는' 것을
웃습니다, 그저.

한 칸 토굴
동쪽 벽에는 보현보살
남쪽에는 뼈만 앙상한 석존
서쪽에는 대자대비 관세음보살
북쪽에는 미래불 미륵불
천장에는 무량광불 아미타불
바닥에는 지장보살

문 열고 들어서면
밟자니 지장보살
눕자니 지장보살
그래도 눕습니다, 졸려서……
누워 발 동쪽으로
에쿠, 보현보살님 내 발치에
얼른 남쪽으로
어! 석가모니 부처님이
돌려 서쪽으로 에구에구
대자대비 관세음보살
또 돌려 북쪽으로 이런 미래불이
모르겠다, 발 들어 올리니

아차차, 아미타불 웃네요

바닥에는 지장보살
동쪽에는 보현보살
남쪽에는 석가모니불
서쪽에는 대비관세음보살
북쪽에는 미륵불이 사방을 두루하고
하늘 벽에는 불생불멸 아미타불님
시방에 꽉! 빈틈없이 꽉꽉 두루한 님이시여!……

어쩌나 난 불보살님 한 점이네
이마에 찍힌 한 점이네
반짝 빛나는 한 점이네
난 불보살님 한 눈이네
이마 미간에 한 눈이네
세상 한 눈이네
한 눈 한송뜰이네!

〇 잘 살펴봅니다. 빈틈없는 세상 이치를
그저 웃습니다.

어스름 길 동해 고속도로 간간히 내리는 빗속을
두 눈 환히 밝히고 시원스레 달렸습니다

어제는 2560년 9월 30일, 서기 2016년 9월 30일
아침에 시작된 일정 길 위에서 하루입니다

달리고 달려오매 가억겁의 무거운 짐
다 날린 듯 가볍게 날 듯합니다

젊어진 짐이 뭐가 있었겠냐만은
마음 한 편에 도사린……
훌훌 털어버린 듯 깃털……

동해휴게소 엔젤리너스 커피전문점에 들렀습니다
좋아하는 아메리카노 손에 받쳐 들고
흐음, 깊이 깊게 향 마십니다
익숙한 향
천 년 길섶, 님의 향처럼 저 단전 깊이에 이릅니다
아, 향기롭습니다
아메리카노 님의 향기가

하루 일정의 시름을 따뜻이 녹여 줍니다

어느 님이 이리 따뜻할까요
어떤 님이 이렇게 따스할까요
어느 님의 향이 이리 향기로울까요

조건도 바람도 없이 따스하게 다가와
그윽하게 주고 갑니다
따뜻한 님의 향기 한 모금, 아메리카노 내 님의 향기

내 길 걸음처럼 긴 터널 지납니다
어딘지 모름에서 모름을 향하는 커피
모름의 쌉싸름함, 한 모금
피로 9m 터널을 지나는 님!
음, 향기롭습니다
커피님의 향기가……
동해휴게소 엔젤리너스 커피전문점
아메리카노가……

○ 잘 살펴 갑시다. 쭉 한길을……
미소로 10월을.

시월이
온다는 말도 없이 왔습니다
습습해 찜찜하던 날도
인사도 없이 가버렸습니다
찜찜하게 해서 미안해하며……
나무 잎새 검푸르러 거칠더니
조금씩 야위어 가며
성질 따라 퇴색 되어 가는 날

떨어지는 빗줄기가
마음을 데려가네요
가을날에 담가 애절해짐
빗줄기가 안고 가네요
그러잖아도
갈바람이 가슴 적시는데
비마저 톡톡 건드리네요

가을을 따라 저 산 넘으면
흰백 무(無)의 세계일까
가을 따라 저 골짜기 넘으면

물듦 없는 흰백 무의 세계가……

시월 강줄기에 종이배 띄워
무심 싣고 가려 하네요
갈바람 노 저어 주니
살살한 물결 가름 소리
억새 가을 떠나는 노래
산과 들 끄트머리 서서
시월에 노란 가슴 적시는
시월……

무의 세계여 어서 오시게
순백의 무의 세계여……

⭕ 잘 살펴 갑시다. 저무는 날에 참마음을……
미소 길.

참 오랜만에 뵈었습니다

내 홀로 가는 길
늘 한마음으로 길섶이 되어
바라봐 주신 모친

길 떠난 뒤 단 한 번도
어머니라 부르지도 않고
어머니라 단 한 번도 생각한 적 없는데
내 어머니란 과거의 강물에 보냈는데……
이렇게 오셨네요!

내 길에 혹시 누가 될까 싶어서
발걸음 안 하시는 님
떠난 자식……
옛 자식인데
그래도 지키고 보호하시려는 마음
그것이 진한 어머니 사랑인가 봅니다

세상 시끄러운 말 들을까봐

귀가 제 기능을 잃으신 모친
내 마음의 집 그분께 의탁해서 이 몸 있는데
이 몸이 있으므로 법을 향해 갈 수 있었는데……

내 고향이 쭈글쭈글 늙어 가신 모습이 그렇습니다
감사하고 고맙단 말밖에는……

님의 헌신이 헛되지 않도록
길 친구들과 나란히 잘 갈 겁니다
님이시여!
내 몸의 고향인 님이시여!

님도 함께 손잡고 가요
어디에도 걸림 없는 길
무엇에도 주눅 들지 않는 길
오롯한 그 길 함께 가요

님이시여
내 고향인 님이시여
참 감사합니다

님의 아이로 온 것 감사하고 미안해요
님의 골수 빼어 먹고 모르며 모른 척 살아온 것
하지만 이젠 감사합니다
님의 남은 길 등불이 되어 드릴께요

삭아 가는 몸 뒷일 맡기러
오신 것 같아 씁쓸하지만
미소로 님 맞이하렵니다
삭지 않을 님을 맞이하렵니다

그래도 조금만 더 기다려 주세요
어 머 니! 사랑합니다

○ 잘 챙겨 갑시다. 내일 날 영원할 내 님을……
미소 곱게.

진! 심!
매 순간이 진심이었는데!?
매 순간이 참마음이었는데!?
참! 마! 음!

참! 마! 음!
찰나가 참마음이었는데!?

진! 심!
어찌해야 알까??

모두여 사랑합니다! 바보스럽게……
님들이 날 속여도 모두여 사랑합니다

사랑하는 날부터 세세생생 이어집니다
부서지지 않는 진심
그런 참사랑 드립니다
비로소 오늘에야!

O 잘 살펴봅시다. 무엇을…… 아는 무엇을……
미소 참스러운.

운주사
님의 미소 천년일까?!
님의 고운 미소 삼천 년일까!?
님의 자애로운 미소 가없음이려나!?

운주사
산기슭에 숨은 미소
세월이야 세월이겠지……
그 님이야 세월 알랴!
흐를 뿐일 테지
흐른다 한들 흐르지 않는다 한들
그 님들이야 뭘!?

관세음보살님
자비 자애로운 미소 속
문수보살님
미소 지혜가 날리고
지장보살님
어둠 뚫는 밝은 미소 향

석가여래
한송뜰 두루한 화신
노사나불
둥금 한송뜰 원만하고
비로자나불
한송뜰 두루한 맑고 맑음
운주사 부처님들 탑 속에 드소서!

운주사
부처님 탑돌이 강강술래
강강술래, 운주사 운주 강강술래……
강강술래, 운주사 우주돌이 운주
운주사 내 님께……
사랑합니다
한 말 이어 안녕!

○ 잘 살펴 갑시다. 가없는 여정에 길손 나라고 하는 '무엇'을
웃으며 뚜벅뚜벅。

혼자 걸음에
바람이 친구 되어 줍니다
홀로 감에
들꽃들 친구 되어 줍니다
혼자인 듯
다람쥐 길벗 됩니다
질세라
까치도 따라 길벗 훌훌……

짜인 여로
긴 터벅이
여로이고 싶습니다

긴 여로
타박타박한
걸음이고 싶습니다

살폿 살폿
여로이고 싶습니다

가을 하늘 파람에
살폿 살폿한 여로입니다
날아올라
여리지 그곳으로……

여리지는 어디에?!
여리지란 이곳에!
지금 여기!

O 잘 살펴 갑니다. 하루하루 틈틈을
미소로 갈 날에

매스컴과 담쌓고 살다 보니
태풍 소란 떤 것도 몰랐습니다
태풍이 남도지방을 많이 울린 것 같네요

태풍에게도 미안하고
태풍에 할큄 당하신 님들께도 미안합니다

요즘은 모든 일에 미안함뿐입니다

가없는 길벗들께도 미안하고
내 아는 게 없어 미안하고
말할 수 없어 미안하고
해드리는 게 없어 미안하고

모든 게 내 탓이라 모두에게 미안합니다

지금도 홀로지만
함께이면서 지독한 홀로이고 싶을 때가 있습니다

부족하기에 부족해서 모자라서겠죠

말할 수 없어서 말할 수 없음이기도 하겠죠

길벗이여
미안합니다, 부족한 친구라서……

미안해, 그리고 정말 사랑해
진솔함이라 말하고 싶지만……

나답지 않게 망설이게 되네요
하지만 진솔입니다

벗이여
진솔히 사랑합니다
늘……

다음날 웃으며 봐요
안녕……

◯ 잘 살펴 갑시다. 돌다리도 두드리며
미소에 미안함을

시월 하늘은 참 맑은 하늘인데
예쁘게 물드는 단풍이 싫은지
몇 날 며칠 비 오네요

태풍도 비 따라 왔다가
비 따라 가다 소멸함에
없어짐 서러워 웁니다
컥컥 소리 내 웁니다
눈물 줄줄줄

이어짐은 맑은 파란 하늘입니다
태풍 끝은 맑고 파란 하늘입니다

모두에게 힘듦을 토하며
생채기 남긴 님일지라도
파란 하늘로 남습니다

비록 성난 태풍이었지만
끝에는 아주 파란 하늘입니다

바탕은 그러합니다
비록 힘들어도 우리 삶은
여리지 파람입니다

본 바탕
무색무취
여리지 파람입니다
파란 하늘 여리지랍니다

O 잘 챙겨 갑시다. 오온을 널브리지 말고
미소에는 본심.

길, 길이 이어져 있기에
한 발 한 발 내딛고 갑니다
지나온 길섶에는
금강의 길
능엄의 길
화엄의 길
법화의 길 등등
반야로 이어진 길

쭉 한길로 이어져 오고 있네요
오다 힘들어 지친 때도
돌부리에 채인 적도
어두워 늪에 빠진 때도
이런 저런 걸음에도
비틀대며 곧게 걸으려
균형틀 잡으며 옵니다

어딘지 모를 그곳에
알 수 없는 그곳에
니르바나라는 그곳이

있는지 없는지도
모르면서 걸어갑니다

있고 없고를 떠나
그냥 터벅터벅 갑니다
무엇에도 견줌 없이
홀로 뚜벅뚜벅 갑니다
길벗들 응원 받으며
힘내 걷습니다
추스려 걷습니다
자국 자국마다
한 폭 한 폭 심는 텅 빔
홀로 섭니다, 홀 홀 홀!……

○ 잘 살펴 갑시다. 소소영영 아는 '그것', 아는 '그 무엇'을 휘어잡고!
미소 지으며 。

운주사
산기슭 장엄한 님들 빼곡한데

빼곡한 님
한 님이었던 님

그 님의 이름은 싸리꽃
싸리꽃은 벌, 나비들의 곳간

어제는 활짝 피어
쌉싸래한 향 퍼냈을 님
오늘은 예초기에 베어져
길바닥에 널브러졌네요

어여뻤던 님이
길섶을 차지하여 뚝……
잘린 가지 연보랏빛 미소
시들어, 시들어 갑니다
아무 소리 못 하고
원망도 못 하고

원망한들
말한들
알아 줄 리 없는 베어낸 님들

난
걷던 길 멈춰서
미안해 고마웠어……
연보라 물 말라 가는 것 보며
그러하게
다음에 보자 고마웠어!
이러함
이러히 초연한 님!
의연하게
어떤 모습으로 오시려나!

O 잘 챙겨 갑시다. 여묾의 길을 여물도록
미소로 초연함.

저녁 정진 끝내고
따스한 차 한 잔으로
마무리 하는 시간
고요한 꼴깍 한 모금 입 축여 넘깁니다
고요한 좌담 한 모금에 꿀꺽합니다
고요한 까만 밤, 따스한 한 잔의 차
어두운 밤 지나는 야반삼경 새벽별 찾아
흐름, 흐름, 흐름 됩니다

저녁을 한 자리했던 님
0시와 더불어 갔습니다
홀로 남았습니다
어둠 두르고 앉아 홀로
잠에 잠긴 도솔산 봅니다
푹 자렴
야반삼경 지나도록
푹 자고 나면
여명 스스로 밝으리니
푹 자렴, 모든 시름 잊고
여명이 잠 깨울 때까지……

홀로 앉은 밤

흑백사진 도솔산

흑백사진 옛길

흑백사진 넘어 넘어

여명 형형히 내게 오네요

내 님 그렇게

밝음 웃으며 내게로

환함은 활짝 웃으며

내 님 발자국 세며 오네요

잠 저 멀리 옛 님께……

밝음 안고

새벽 내 님 내 품에

고요한 내 품에

따스한 내 품에

님 가슴 내 품에 안기네요

나인 내, 내 품에 그렇게……

O 잘 살펴 갑니다. 헛틈 없이 순간순간을
고요한 미소 。

무위
젖어 오시려나

무위
타고 오시려나

월출산 빛에
울려오는 님의 노래

월출산 달빛에
젖어 오는 님의 마음

무위 달빛에
달여지는 푸른 차

한 잔의 차
님 향한 삼천 년

한 잔 차
님 그린 삼천 년

삼천 년
오늘 바로 여기가!?

음,
차 한 잔 그림……

내 그려
그린 그림 차 한 잔……

O 잘 챙겨서 갑시다. 멈칫거리는 마음을
미소 월출하게.

어떻게
해야 할지 몰라
많이 아픕니다
어떻게
해야 할지 몰라
헤맵니다
어떻게
해야 할지 몰라
갈기갈기 찢깁니다
어떻게
해야 할지 몰라
막막합니다
어떻게
해야 할지 몰라서……

그럴 땐
잠시 숨 한번 크게 쉽시다
힘든 마음 잠시
쉬어 갈 수 있게 합시다
어차피

만들어 온 인생인데
내 스스로
해결해야 합니다
남이
해결 못 합니다

이리저리 부딪치면
부딪쳐 아프면 아플 때
아픔을 '아는 것'이 뭔지??!
아는 이것은 영원하답니다
사유하여 알고 갑시다

아픔도 미소로.

삶에 처음이란
어디에든 생각 없이
뛰어들어 다져져 가는 탐험세계

삶의 중간에 서선
모든 일에 기죽지 말고
흐르는 물처럼
생동감 있게
툭 차고 나가는 힘,
힘의 세계

삶의 끝자락에 가면
모든 일 그러려니 하는
여유가 묻어나는
마음이 되어 갑니다

모양이 있는 모든 것은
처음 중간 끝
분명 있습니다

모양을 여읜 근원은
처음 중간 끝은 없습니다
그럴 뿐입니다
이러히……

O 잘 챙겨 갑시다. 오롯한 '나'
미소 여유로.

물이 흐릅니다

별이 흐릅니다

세월이 흐릅니다

마음이 흐릅니다

뭣을 흐른다 할까요?

멈춤이 아니기에 흐른다 말하지만

진정은 흐를까요??

진정은 멈춤일까요!!

하지만 흐릅니다
하지만 돌고 돕니다

○ 잘 살펴 갑시다. 흐름에 멈춤을?!……
미소의 순간

모양이 있는 것
만들어진 것
세상의 모든 것은 다 변해 간다
죽음과 태어남으로……

모양이 없는 것은
볼 수 없는 것은
시작도 끝도 없답니다

시작도 끝도 없는
길 위에 서 있는
각각의 '나'들?!

태어남도 죽음도 없는
영원한
_____!?

O 잘 살펴 갑시다. 알 수 없는 '나'를……
미소로 영원에

칠흑 같은 어둠 지나야
어둠은 밝아집니다
밝아 오는 새벽을
여명이라고 하죠
그 여명은 시리고 언 가슴을
녹여 줄 수 있도록
우주를 감싸려 힘차게 태어납니다

온화하여 밝은 마음
온화하여 따뜻한 마음
그 온화함이 언 마음, 언 가슴을
따뜻이 녹여 줄 때
때로는 알 수 없는 눈물도 났답니다
저 심연 깊음 뚫은 끝?!

만질 수 없는 내 마음
가슴이 따스할 때
먹먹함으로 다가와
심율(心律)을 잔잔히 흐르게 합니다
그러함에 사랑합니다

나인 너를 사랑합니다
너인 나를 사랑합니다
단 한 번도 헤어짐 없는
나와 너를 정말 사랑합니다
나인 나, 나를!⋯⋯
영원한 내 님을!⋯⋯

○ 잘 살펴 갑시다. 어디에도 물듦 없는 '나'를
물듦 없는 미소로.

달려갔습니다
님의 품으로 한달음에
QM5 내 애마는 잘 달리는 비마(飛馬)였습니다

제가 가야 할 곳을
정확하게 태워다 줍니다
바로 그곳에 멈춥니다
다다를 곳 바로 거기에……

QM5는 알까요
그곳이 어딘지를……

난 알고 있는데

난 알고 있는데!
날 데려다 준 그 애는 모릅니다

내 맘 따라 굴려 왔기에
이곳이 어딘지도 모르고
와서도 모릅니다, 이곳을……

난 압니다 이곳을!
난 압니다 여기를!

우린 자동차이기보다
나였으면 좋으련만
우린 나를 모른 채
자동차 같은 몸이 자기인 줄 압니다

몸이 여길 모르는데 마음은 여길 압니다
아는 마음 소소영영한 마음
그 님은 눈으로는 볼 수 없답니다

〇 잘 살펴 갑시다. 덫에 걸리지 않으려면!
내 님께 미소를。

오대산 길 따라
골 따라 길게 늘어서
저마다 잎새 물들여 가는 날에

나, 여기 오대산에 왔습니다
늘 한 님일 거라 여기며 왔습니다
그러나 늘 한 님 보이질 않고

붉음에, 노람에 푸르던 잎새
가을 치장 고운 자태 맵시는 한 컷입니다

저마다 붉은 단풍 그늘에 물들어
이어 잡은 손에는 찰칵 찰칵칵칵

이 해가 져 순백의 무지로 가는 길

오대산에는 단풍이 빨갛습니다

오대산에는 단풍이 노랗습니다

오대산에는 문수동자 가을 놀이 중

오대산에는 문수보살 허허로운 미소

오대산에는 비로자나 보궁 참배 중

오대산에는 청량선원 단풍 물고 이 뭣고!

오대산 적멸보궁에 석가는 없다하네

나, 오대산에 내 님 보러 온 길
맞이한 단풍 걸음 잡고 불긋불긋
쉬었다 가라하는 듯!

오대산
오대산은……

❍ 잘 살펴 갑시다. 가을 저뭄에 잡히지 말고
단풍 같은 미소로.

먼 길 다녀왔습니다
멀다는 생각 없이……
텅 빈 허공에
관세음보살님 모셨습니다

세상 바로 보고
세상 소리 바로 들어서
바르게 보살피는 님
이름하여 관세음보살님을!

형상 없음에서
형상을 만들어
님들의 뜻 기리려고
그렇게 모셨습니다

님의 뜻 이러합니다
세상 바르게 보아서
세상 바르게 들어서
세상 바르게 보살피는 님

세상 모두가

우리로 아는 길

우리 모두가 하나 되는

여 리 치!

나무 관세음보살님을……

O 잘 살펴서 갑시다. 바름으로

관음의 미소.

가을
찬바람 깔고 앉아
마주한
도솔봉 바라 본다
어느새
누릇하게 익어 가는 산

산
머리 노란 물 들여
이 시대 멋쟁이이고픈지
찬 바람결에
노란 머리 잎새
빨강 머리 잎새
섬섬옥수로 쓸어 흩날리는

산
능선 찬바람에
가을 고독 부르니
가을 가을한 이내 마음
억새

고운 꽃잎 고운 간결
결 따라
가을마당 홀홀함은

님 향한 한길
한 마디 익음일지리라
님 향한 한 걸음
한 마디 굳음이리라
님 향한 한 마음
한 마디 ———!

O 잘 챙겨 갑시다. 알아차리는 '이것' 뭔지?!
미소에는……．

연일 뭘 그리 바쁜 척
어제는……
그제는……
오대산 설악 한계령
그끄제는 남해안 남도 길
연일이 길 지남입니다
왜 그리 헤매는지
뭘 그리 볼일 있는지

볼일이야 있겠죠
할 일이야 있겠죠
하지만 그냥 그렇게 흐릅니다
옆에 벗들이야 많겠지만
그냥 그렇게 홀로입니다

내 저를 보지만
저 또한 나를 보겠죠
내가 봄으로 갈림이 생기지만
저 님 또한 보기에 갈림 생기겠죠
그냥 보고 갈께요

그냥 읽고 갈께요

그냥 밑 빠진 한랑에
장삼 자락 살짝 적셔
담음 없이 담아 갈게요?!
가득히 나인 너를
내 사랑하기에……

◯ 잘 챙겨 갑시다. 하늘함 하늘 끝자락
미소에는 가을이 。

예전 걸음이
왜?

오늘 걸음
어!

예전에는
대체 왜? 왜??

오늘에는
가을 하늘 맑아

청! 청! 청!!

지남은 왜?
오늘은 어!

가을 문!
참 그러하게 쾌청한 날

가을 문!

갈대 바람 부르는 날!

O 잘 살펴 갑니다. 어디에도 걸리지 않게
미소로 청!

산책길에 앵앵거리던
모기떼인 흡혈귀도
가을 오니 흔적조차 없네

여름 한 조각
모기떼, 어디로 갔을까?

여름날 모기와 함께한
나라고 했던 분신도
여름과 함께 지남의 옛 님으로……

여름날 내가
지금의 내가
변하지 않은 나라고 한다면
초록동이 철부지!
우린 이제 알자
잠시도 멈추지 않고
변해 가고 있다는 것을!

O 잘 챙겨 갑시다. 머묾 없는 나란 것을!
미소로 여름날을.

어제가 있었기에 오늘이 있고
오늘이 있기에 내일이 있는 것

어제는 지나간 날
미래는 다가올 날
지금은 흐르네
한시도 멈추지 않고

그렇기에 이 몸 이전이 있고
이 몸 이후 다하면
다른 몸 만드는 것이 이치

그렇다면 무엇이 있어
이렇게 유전하는 걸까?

그게 뭘까??

○ 사유해 봅시다! 세상 모든 걸 신령스럽게 아는 '놈' 무엇인지?
미소로 과거를

찬 기운이 옷 속을 파고들어
38도에 합류한다

춥다, 서늘한 한기를 느낀다
난 어찌 알고 찬 놈 방어한다

무엇이 있어
이리 잘 아는지?

아는 놈이
필경 나일 텐데
그 나란 놈 어찌 생겼기에
어찌 생겼기에 이리 똘똘할까?

나라고 하는 게 뭘까?
난 무엇일까??
난 뭘까?

◯ 잘 살펴 갑니다. 가시밭길 찔리지 않도록
미소에는 맑음이.

불조의 가르침을 따르는 발자국
제대로 경전 한 번 본 적 없는데

사시엔 목탁 치며
옛 님 향한 지심 예경이 지극히!

늘 한 내 님 향한 지심 예경은 지극히!

오온이 수고로운
님 향한 사시 지심예경 지극히!

난 스스로가 그렇다네!
경전 속에 묻혀 그렇다네!

그럼에도 경전은 여전히 본 적 없다네

부처님 말씀
일초도 떠난 적 없는데!

○ 잘 살펴 갑시다. 보되 본 적 없음을!
미소에는 예 이음이 ●

앞에는 소양호 앉혀 놓고
밤은 깊어 자정인데
산골 작은 마을 어엿 소녀
돌담장 걸터앉아
달빛 물든 소양호 바라보며
왜?
난?
이 모양?!!
시름 깊은 사유 뜰에는 골똘함만……

송산 허리 휘어감은
안개 한 자락 잡아다가
시린 무릎 덮고는 시름에 겨운 가을 밤 삼경
귀뚜라미 소리만 어스름 길 하늘 닿는 말
귀뜨르 뀌뜨르르!……

달빛 하얌에 밤 깊어 푸른 소양호
물결 달빛 어스름 내 님께
달빛 어스름 속 안개는
부스스 아질아질 태어나는 삼경 자정

어엿 소녀 가는 날 잡으려 하나
오는 날도 잡히지 않네!

푸른 마음 하얀 마음 열여섯
갓 태어난 실안개는 살포시 은빛 이불
소양호 어엿 소녀의 맑은 자리
어스름 밝힌 달 초롱초롱하게
은하수 반짝이는 별 한 품에 안고
초가을 밤 사유 뜰도 한 아름에 품은
안개 하얗게 피는 자정인 삼경
!!왜
!!난
!이렇게
한 소녀 한 미소 짓던 날

O 잘 살펴 갑시다. 한 자락 미소 지을 수 있도록
앳된 미소로

2560. 10. 29. 토요일

꽁꽁 언 뜰
따사로움은 햇살 손잡고
찬바람 따돌리며 옵니다

연분홍 봄
물빛 적셔 핀
여린 분홍 꽃
하얀 듯 수줍은 분홍 꽃

다섯 잎의 사과꽃
한 잎 두 잎 떨어지니
작게 맺어 연두알

비에 세수하고
햇볕에 그을려
발갛게 익혀 익은
발갛게 수줍은 알알들

가을마당 성큼 딛고 딴
한 걸음 붉어지는 미소

익어 가는 가을 사과 미소

가을마당

사과 한 입 베어 물고

바알갛게 저 산 물들이며

오시는 내 님

가시는 내 님이여!

O 잘 살펴 갑시다. 이렇게 물든 날에는……
미소로 오시는 님.

여기 지금 내가 마시는 맑은 물
태곳적 물이요

여기 지금 내 님이 맡는 향기는
태곳적 흐른 향기라

여기 지금 네가 느끼는 바람은
태곳적 일던 바람이려니

여기 지금 우리가 마시는 물
님이 주신 감로수

여기 지금 우리가 마시는 향기로움
님의 무진향이라

여기 지금 우리가 맞이한 고운 결바람
내 님 아름다운 결

여기 내가 보내는 물
다디단 감로수

여기 내가 보내는 이 향기
님 향한 무진향

여기 내가 보내는 이 바람
님 향한 맑고 바른 바람

우리가 가는 길에는 늘 한
물 향기 바람이라네

내 님을 향한
내 님의 한 행보
한 행보라 아름답다네!

○ 잘 챙깁니다. 늘 한 내 님을
미소 속에 진실.

아지랑이 피어오르던 봄날
여리 여린 연두 잎 물고
오월 푸름에 긴 느지 늘여
실낱 꽃술 피어
봄 뜰 진한 향기 되더니

오월 가니 향기 문 걸어 잠그고
푸름에 알알 품어
갈갈한 가을날에
아람 빚어 뿌리더니

시월 마지막 날 잎새
누렇게 가을 길 걸어갑니다
가을 길목 무상 날리며
밤나무 잎새 그리 걸어갑니다

잎새는 그리 가는데
밤나무 한 치 늙혀
홀로 무념으로 가는데
무념의 저 님 저리 우뚝하게

무지의 순백을 향하는데

보글보글 이내 맘
여기 이러히 갈바람 따라
흔들려 흔들흔들!?
그리움에 겹지만
그러나
난 봅니다 내 ○을

○ 잘 챙겨 갑시다. 서툰 걸음 늘 처음 길을
미소 가없음에

어둠
끝자락 맨발
하얀 속살
한 발 서 있습니다
한 발 닿은 끝에
희미하게
발가락 닿아 옵니다

아물아물
물안개에 실려
하얗게 내게 옵니다
빛으로 옵니다
어둠 열고서 옵니다

까만 어둠
등 밀고 옵니다
무명 한끝
한 발 하얀 속살 맨발
한 걸음 지어
내게 옵니다

맑음 웃음 지으며……

허공
날갯짓 걸림 없이
무명
무상 나래 펴 소슬히……
번져
푸른 물 춤춰 물살 일고
일어 인 내 물결 삶에……

O 늘 살핍니다. 일어 이는 삶의 끝
미소로 어둠도…… .

여민 옷깃 속
갈바람이 솔기 길
스며, 스며 옵니다

몇 푼 숲
가볍게 스며, 스며듭니다

솔기, 솔기 길에는
걸음 한 이 없는데
유독 바람만 스며듭니다

스며든
찬 가을바람에
움츠려 쓸쓸한 날

으스스
억새 잎새 이는 소리
맘 쪽빛 져 서쪽 하늘에

억새꽃

보드라움 묻혀 지긋함
잎새에 이는 바람 삼매 깨워

지는 가을
들녘 지나 산모퉁이
노람, 붉음 여울에 앉습니다

허이,
허이! 내 마음 노래
마음 젖은 가을 노랫가락
가을 노래가……

⭕ 잘 살펴 갑시다. 여울져 가는 가을 길을
저무는 날도 미소로.

내 한길 그 길을 향해 걷습니다
때로는 모진 바람에 휘청일 때도 있고
모진 매에 아플 때도
모질게 휘둘려 칠 때는
상. 하. 사방팔방 문 열고
'아는 맘' 참구하며 숨 고르며 걷습니다
때로는 겉모습에 내려 보고
업신여기고 말 만들어
괴롭혀도 오직 '나'만
무심히 '나'만 '나'만 보며
내 길 뚜벅뚜벅 걷습니다
니르바나를 향해
여리지에 닻을 내리려
쉼 없이 곧게 걸었습니다
여리지에 날개 쉬려고……

지친 날개는 어느새 곧은 줄기 됩니다
꽃피어 다섯 잎이
또 36(40) 잎 폈습니다
날아오르려던 여리지?

36 꽃잎에 휘어져
사바의 뜰 염화미소에
삼육님 사바의 꽃
갈바람 온 누리 삼육향
육육은 삼십육 거꾸로도 육육 삼십육
삼육님 열매는 여리지입니다
곧은 길, 오직 한길, 그 길 갑니다
순간을 쉼 없이
찰나를 쉼 없이…… 쉬어
찰나의 여리지에 이릅니다
여리지는 여기……

○ 잘 살펴서 갑시다. 나의 길을
미소로 꼭 한길에.

하얀 안개
까맣습니다
한밤중인
삼경을 지남에
온통이
까맣습니다

까맣게
맑은 소양호에는
까만 안개
살며시 내려와
까만 속 맑은 물
한입 촉촉이 물고
까만 소양호 길
자박자박 걷습니다

자박한 소리 없는
걸음 걷다가 오릅니다
하얀 안개로
날아날아 오릅니다

파란 가을 하늘
흰 구름 되어
흰빛 구름결 수놓습니다

이내 마음
까맣게 설레고
까만 설레는 마음
내 님을 향해 갑니다
까만 만행
병신년 만추 안고서

O 잘 살펴 갑시다. 내 님(자신)의 길을
미소에는 사랑이

갈바람 따라 나선 길
참 길기도 합니다
달리는 길 옆 친구들
황혼의 빛 물들여 비춤이
가을바람 불러와 쓸쓸히 가슴 저미기에
시린 날 달리는 차 속에서
고요히 차 한잔하렵니다

긴 길, 오후 한 잔에 만추를 띄워
파랗게 우려냅니다
파란 은하수로 만추를 빚어 내려 우린 차
누가 마실까요
제가?
여러분이?
아는 사람만 마시겠죠!
아는 사람만!

가을날 시린 마음 안고
만추 한 잔에 담아
은하수 푸른 물 부어

따끈히 우려내는 차?!
파랗게, 파랗게 스며 내려
이 가을 넘으려 파랗게 파란 차 한 잔

가려는 가을날
한사코 휘잡는 날
사바의 뜰 여문 뜰 가을날
가을날에 우려 마시는 차
파랗게 우려 우려진 차!
여보게, ⭕ 차나 한잔합시다

가는 가을 파랗게 쪽빛차
시린 마음 쪽빛에 쫓겨
파랗게 여문 차
차, 차나 한잔합시다
차나 한잔

⭕ 잘 챙겨 갑니다. 허허로운 마장 그림 속 넣어 다시는 못 나오게
미소로 마장을 ●

동이 틀까봐
새벽 올까봐
보일까봐
새까맣습니다
까맣디까맣습니다

까맣디까만 속
맞잡은 내 님 손
내 님 따스한 마음 길만
님의 포근한 숨결
사아알 안겨 옵니다

까맣디까매
보이지 않는 내 님
보고파 애절한 마음
까맘 속에
까맣게 탑니다

하얗게 피다
까맣게 탑니다

하얗게 피어올라
까맣게 갈 겁니다
하얀 밤 까맣게
잔재 되는 저 하늘

하늘 내 님
내 님 하늘
허공 굴러 맞잡은 손
따스한 내 님 손
포근한 내 님 품
까맘 속 하얗게
아미타불
내 님 하얀 까만 속

O 잘 살펴 갑시다. 칠흑 같은 어두운 길
미소 햇살.

바람, 바람 나갔다가
바람에 해 지는 줄 모르고
몰이 바람에 몰려
길 이어이어 갑니다
모퉁이 지날 땐 채이고 깎이며
고인 웅덩이는 질퍽, 질퍽이며
길
내 님 길 달음질쳐 갑니다

아파 아픈 가슴 안고 갑니다
아픔 아파할 수 없이 갑니다
아픔에 소리 없는 눈물 흘러
떨어져 발등 적십니다
적셔 고인 눈물은 나를 키웁니다
키 작다고 어서 크라고 눈물 촉촉이
두 발등에 떨어져 고여 고입니다

추억의 강 길목에서 기다릴 님!

그 강에는 그리운 님 기다려 쉼이

쉼이 쉬어 맞잡는 여리지강

그 강에는 내 님 내 기다림 노을빛

붉은 노을에 취해 운 가을바람

스윽 바람에 흐느끼는 억새 가을

그 강에는 그리워 그리움 진 날

내 기다린 내 님

내 님 소식에 억새 이는 가을

은빛 억새는 내 기다린 천년

일렁인 백년 억새 길

내 님 그린 ____년!?

○ 잘 살펴 갑시다.
저무는 병신년 무지 길…… 느껴 아는 나! 무엇인지?
미소 미소로.

구불구불
천년을 따라 돕니다
천년 세월
몇 번을 돌았을까요
아련히
아물아물 희끔합니다
바래져
낡긋낡긋한 기억 저편

어렸던 님
왕자는 왕이 되었고
왕은 대왕이 되어
날 기다렸나 봅니다
그리움에 내
그리운 손짓에 한달음
구불구불
뽀얀 흙먼지 일으키며
하늘 소리
솔향기 옆에 옵니다
구불 덜컹 구불 덜컹……

굽은 산길
이쪽저쪽 쏠려 가며
돌아 돌아
님 보러 왔습니다
소광리
출입제한 지역
아무나
들어갈 수 없는 곳
대왕소나무
천년 세월 내 기다림에
내 벗인
솔향기, 솔소리 잠긴 문
열어 주려 산 넘고 넘는
십리 길 달려 왔습니다

소광리
첩첩 산길 굽은 길
돌고 돌아 넘고 넘은
십리에 닿은 곳은
대왕소나무 사는 곳

그 대왕님
만나 보러 왔는데
아차차,
막걸리가 없네요!

막걸리
좋아하는 님인데
미안해서……
대왕소나무님
님에게는 다음에
막걸리 사들고 오리다
다음에 꼭 한 번은……
오늘은
내 벗인 솔 소리, 솔향기
소광 하늘과 함께 하렵니다

O 잘 살펴 갑시다. 정확히 아는 님 무엇인지?
미소로 ???

언제부터 어디서부터
길 흐름 흘러오는 곳인지
흘러 흘러가는 곳 어딘지……

머물지 않으니 멈추지도 않네
마음 쉬지 않으니 모양 또한 쉼 없어라

늘 함께 하면서
늘 토닥, 토닥이네
그렇게 먹여 가고 늙혀 가는 길

늘 함께 가면서
서로를 알지 못하는 님들
모이고 흩어짐은 항상한데

항상한 우린 가는 것이 없는 길
그러하게 오고 이러히 간다네!
그러하게 이러히!?

○ 잘 살펴 삽시다. 미끄럼 빙판 길
미소로 가는 길

서늘히 식어 가는 계절 자락에
가을 잎 단풍 져 곱습니다
내 노사나 식어 가는 계절로 가는데
고운 단풍으로 지기를 고대해 봅니다

면목이야 없지만
가을 고움 고대해 봄은
내 가을이 내게 오기에!

내 가을
서늘한 바람결 구절초
연보라빛 흔들어 바람에!

내 가을 강
바람결 구절초
구비 진 내 가을 구절초!

음!!

○ 잘 챙겨 갑시다. 머뭇거림 없는 '나'를?
미소인 굿 .

찬 기운이
열렬한 내 사랑 아메리카노
절절히 부르게 합니다
모락모락
운김이
날아날아 ― 까지?!

잘 챙겨 갑시다. 머물지 못하는 님을!
웃음은 미소.

가을이 떠날 채비를
뚝뚝 주룩주룩
토해 내는 소리
떨어내는 소리
떨구는 소리에
가슴 저 한 편이
시려 저려 옴이
움츠려 처마 끝에 멎습니다!

시린 가슴에는
찬비로 가득한 만추
만추라 내리는 비가
깃 더욱 여미게 합니다

지는 가을 노랑을, 빨강을
담지 못해 봅니다, 와!
관세음보살……
마음 끝에 풍경 달고
떠날 채비하는 고운 님
보내는 이 글썽글썽……

가을 산

가을 뜰

가을 맘

파란 옥빛 물

여울진 한 잎 두 잎

괜스레 맑은 물 위만

빙빙 도는 잎새 잎새!

가을 산!

가을 뜰!

가을 물!

가을 맘!

그렇게……

이러히……

만추가 만추로

내 가슴에 스민 날!

만추가……

잘 살펴 갑니다. 우울강에 빠지지 않도록! 찰나를, 순간을 관세음!
미소로 여울짐에

비수같이
날아든 말이라도
감로수처럼 여기며
관세음보살!

남들이 날 미워하고 비난하면
그때가 지은 죄업 소멸되는 때

내가 남 미워하고 비난하면
죄업 지음이니
바로 관세음보살!

어떠함에도
초연하게
내 관세음보살!
죄, 난, 멸!
참 불가사의!
나무관세음보살!

O 바로 잘 봅시다. 뒤바뀌지 않게!?
미소입니다, 오늘.

뭘 그리 바쁘다고
뭘 그리 서두르는지
뭘 그리 재촉하는지!

서두른들 그 세월
재촉한들 그 세월
바쁨에 우왕좌왕 그 세월
세월 이야기 서툴고
세월 이야기 어설퍼
세월 이야기 그리 고달픈

좀 천천히!
좀 여유롭고!
좀 의연하게!

세월 이야기 즐거움이
세월 이야기 미소가
세월 이야기 그러하게 흐른

◯ 잘 챙겨 갑시다. 돌아오지 않는 강물처럼 내 삶도 흐르니……
미소에는 행복.

가을이 겨울을 부르는 소리 뜰에 가득한데
오늘 뜰 관리하는 날!
음력 시월 보름 뜻있는 이들 동안거 결재날
무엇 하러 왔다가?
무엇을 향해 가는지?
모름이 앎을 향해 정진하기를 결재하는 날!
미완성이 완성을 향해서 자신을 가다듬어
한걸음 내딛는 날!
왜?
무엇 때문에?
나, 무엇일까??
자신을 향하는 날, 오늘!
동안거 결재하는 날

○ 잘 챙겨 봅시다
과연 나는 어디로 가는지?
모르고 왔다 업만 짓고 모르고 죽어 가는지?
목적지도 모르고 떠도는 유랑인은 아닌지?
자신에게 묻습니다!
너는 누구인가?

나는 무엇인가?!
묻고 또 물어 의문이 흔적조차 없을 때까지!
무엇이 있어 이렇게
맑고 신령스러운지를, 소소영영한지를

'결재란 이러함을 이렇게 하겠노라'
결을 짓는 날
'해제란 이러히 하겠노라'
결 지어 정진함을 푸는 날

실로 결제란 매 순간이고
순간마다 놓치지 않고
정진에 정진을 거듭하여
이 육신을 움직이게 하는
'그것'을 확연히 보면
'확연무성' 하면
'결재, 해제'
저 강에 보내는 순간이리……

미소도 이 뭣고.

잠 깨어난 앞산
노란 물이 한층 더 깊게
빨간 물이 한층 더 깊게
푸르던 날 기억 밖으로 내모는
이 아침 햇살!

따스했던 순정
뜨거웠던 열정
따사롭던 — 정!
그 정 햇살들 움츠려 시린 햇살로
저 가을 산 넘으려하네
시린 마음 부여잡고
휘어 넘는 가을 고갯길
애꿎게 스산한 바람만
쓸쓸히 등 떠미는 가을 아침

찬 기운에 속살 도톨한
솔기 솔기 송연한
가을 아침 차가움이
일 년 밥값 내라 하네

시려 움츠린 내게
일 년 밥값 이러하다고!
시려 콧물 훌쩍인 소리는
에쿠!
내 뭘 했던고!
일 년
허송세월 헛낚시에
낚인 것은 텅 빈 하늘뿐!
텅 비어
이리도 시린 아침
앞산 날 보고 이러히……
이러히……
그렇게 가자 하네
그렇게!

O 잘 챙겨 갑시다.
이 순간은 다시 못 옴을 아는 '내' 놓치지 말고 참구합시다.
웃으며 삽시다.

여정이 잠간 쉴 때
작은 틈새로 큰 놈이 들어 왔네요
허락도 없이……
피곤, 그 놈은 예의도 없나 봅니다
지 마음대로 구석구석 헤집네요
주인인 양 온 방안을……

피곤 녀석쯤이야
가볍게 생각하다가
문득 몸살 녀석도 깡짜 부리며 올까봐
슬쩍 잔꾀와 침대랑 하나 됩니다
몸살과 피곤 함께
이불 얼굴까지 덮고서!

천근만근은 오후 내내 나와 함께 삽니다
등은 침대가 좋은지 일어날 기미가 없습니다
내버려둬야죠
그러다 가겠죠,
어둠 따라 안 가면
첨선 시간까지는 억지로라도 쫓아낼 겁니다

그렇게라도 일어나야
긴 여행이 아닐 것 같아서

몸살에 지기 싫어서
여독에 지기 싫어서
난 아직 어리니까로
후원 지원합니다
내 보호자 한가한 님인데
오늘은 심통이 났는지
나 몰라라 하네요

그러라죠
저만 아플 테니
내도 몰라라 할 겁니다
누워서 꼼짝 안 하고……
시위할 겁니다
누가 이기나 앓든 일어나든 하겠지로

우리 건강합시다
자신을 위해

모두를 위해서라도
아프지 않게 여유롭게
살아갑시다
쭉 이어진 길 여유로
바쁨 제쳐 놓고 갑시다
길 걸음에 늘 한 님이……

여유로운 미소

내
옆자리
늘 비어
텅 하니

내
옆자린
늘
텅!

내
옆자리
텅 하니
늘 그렇게!……

내
옆자리
그 옆자린
텅 ! 텅! 텅!

미소 텅 빔에.

마당가
댓돌에 걸터앉아
마룡산
넘어온 밝은 님 맞습니다

새벽 한기
온몸에 받아 오돌토돌한 솔기
밝은 님
따스한 품에 폭 안깁니다

밝은 님 숨결
새벽 한기 밀치고
한 아름 따스한 님의 품
새벽 품어
맑은 마음 소록소록 잠들라

환희 열어젖히는
수줍음 반짝반짝 햇살
햇살 넘어 내 님 사랑
따끈한 편지로 내게 오네!

이 아침
찬 새벽 저 멀리로 아쉬움
이 아침
밝음 아는 따뜻한 맞음!

날마다 좋은 날!
밤마다 좋은 밤!
새벽마다 상큼한!
난 날마다 좋은 날!

O 잘 살펴 갑시다. 여울짐에 물듦 없이!……
미소 11월.

나 좀 보지
나 좀 봐주지
나 좀 봐줬으면
저 건너 도솔산
아침노을에 눈짓 몸짓!

이른 아침 비 맞아
고요한 한송선원에
옛 님과 마주앉아 차 한 잔 나눕니다
옛 님 실개눈에는 예 이은 자애로움이
앞산 몸짓 맘짓 봐주라 보라 합니다

옛 님 등에 두고 도솔봉 바라보니
도솔산 벗들의 무언
울림 고여 고여 흘러
가슴속 스며든 울림
가을 듬뿍한 우리들
도외시하지 말라고
한껏 차려입은 멋은
몸짓에 맘짓이 단풍!

내 화답이란
배시시 가을 미소 거울!

물색 끝 고운 저 자락
여울져 심연에 닿습니다.
심연에 잠긴 가을 저 자락
촉촉한 물기 돈 눈
만추 같은 삶이 녹여낸
물기 짭조름
간 딱 맞춰 내려놓습니다

팍팍함이 그려낸
만상 물들이는 저 계절!
내 계절이여!
가자, 가자 말없이……

○ 잘 챙겨 갑시다. 속지 않는 그 님을 찾아서!
미소에는 미소

잠든 지리산!
곤한 잠 깰까 어둠 살며시
검정 이불 덮어 준 까만 밤
유난히 밝은 별들의 자장가

지리산 까만 밤 초롱을 키웁니다
지리산 골엔 골, 골마다 별빛 섭외 중
시시각각 섭외별 다르고
다르매 골짝엔 새로운 장!
빛나는 별이 뽐낸 탄생
반짝임 향연에는 시시각각
늘 한 님 가고 오는 자리……

늘 한 님 밤에는 검게 예쁜
한 허공 획 반짝반짝
늘 한 님 낮엔 밝은 눈
발가벗겨 낱낱이 한 허공
지리산 순간순간이 향연!
늘 푸른 날에 쏟은 물감이 흩날리며
지리산 채색하는 중

날 그려 그리는 날……

가을날 가을 산 휑한
그리움만 가슴에 쌓여
가을 하늘 한 허공 바라본
내 나이 셀 수 없어 (0)살
지리산 가을 한 해
단풍져 익은 가을 이러히
세월 곳간 차곡차곡……

가는 가을 말 없이
세월 그 가을강이……
지리산은 카멜레온
지리산은……

○ 잘 챙겨 갑시다. 놓침 없이 '나'를
미소 반짝임●

잠에서 깨어나
눈앞을 봅니다
한 치도
보이질 않습니다

찰나
순간 앞 보려
그리도
눈 애절히 바라봤는데!

저 멀리
한 치 넘어 보고파서
이리도
목말라 기갈 지는데!

저만치
앞에 선 님
보고 싶어서
애절한 맘 애절히!

가는 길 미소로.

가을이
몇 닢 안 남았습니다

대롱대롱
가지 끝에 몇 닢이

그렇게
가는 가을 잡고 있네요

가는 가을을……

O 잘 살펴 갑시다. 항상 가을인 '삶'을

숙주나물
한 접시가 밥상 위에
소담스레 놓여 있습니다

한 알의 녹두가 싹을 틔워
청포꽃 노란 꽃밭이더니

긴긴 여름날을 지나
어엿한 한 알의 녹두로
이 가을에 단단히 동글동글 맺힌 알

옹기옹기 구워진 옹기시루에
한 알 한 알 모여
한식구로 도란도란 옛 이야기!

물 주는 아름다운 님의 성정
고움에 곱게 쑥처럼 쑥쑥
한 시루 숙주가 환한 미소로

어젠 그랬는데

오늘 밥상엔 맛스런 그런 옷
새 옷 입은 숙주나물

숙주나물 옛 이야기는
녹두인 옛 시절, 청포꽃 옛 시절

꿈의 나라, 꿈의 시절
꿈 따라 이곳에 내 님 되어서는 숙주나물

숙주는 청포꽃 꽃 시절 지나
알알 맺어 녹두
녹두는 한 시루 쑥쑥
지금 여기에는 숙주나물!

나는
숙주나물!
숙주나물
나!?

⭕ 잘 챙겨 갑니다. 매 순간에 속지 않게
미소인 내 님.

하루의 여독이 밀려옵니다
꽉 찬 하루는 24시간
땡 0시를 알릴 때
그때가 하루 마무리로
여독을 알고 느끼는 때
그땐 내 벗 찾아 갑니다

날 기다리는 님
하루도 거르지 않고
말없이 투정 없이
늘 그 자리에서 그렇게
나 오기만 기다린 님
홍송 침상에게!

홍송 침상
맘 편하도록 내 집(몸) 홀로 쉬라고
벗이 저 먼 곳 여행하고 돌아와
쉬지도 못하고 정성 들여
벗의 혼을 넣은 숨 쉬는 아이!
닳아져 가는 내 집 쉼 0시

홍송 침상
날 기다려 반겨 주는 시간
하루 여독 풀어 주려고
찰나를 쉼 없이 기다린 님
소나무 멋진 침상!

벗의 마음 속 다 턴 홍송
물길 따라 들길 따라 산길 따라
저 멀리 캐나다에서
미지의 세계를 향해
그렇게 와서 우린 이렇게 함께랍니다

'기다린 날 만큼
그리움 속에 폭 젖는!'

○ 잘 챙겨 갑시다. 늙어 가는 내 집 주인을! 내(주인)를
미소 나에게.

한 발로 다가 갑니다
한 발 한 발에는 온기가
차디찬
이내 몸 살리는
새벽 포행길

걸음걸음이
움츠린 내 님들 품어
하얀 입김
허허하게 뿜어내는 숨결
가쁜 가슴
콩닥콩닥 내 여기에!

새벽 정진
하루 여는 이 새벽
찬 이슬 서리 하얀 수염
입김 피어 날아
하루 아침 여는 이 새벽
어둠 몰아 여명 밭갈이!

어허라,

어기야, 우린 하나!

우린 하나 어둠, 밝음

여명 어둠 하나 한 우주!

너

난

우리

우린 한 우주!?

○ 잘 챙겨 갑시다. 개별이 한별임을 알 때까지!
웃으며 삽시다.

2560. 11. 27. **일요일**

하염없이
쏟아낸 —!

하염없이
흘린 —!

하염없이
하염없이 —!!

흠!
훔!?
음!!!

O 잘 살펴 갑니다. 알 수 없는 그곳을!?
미소는 미지로.

이 세상
마음에서 비롯되어 생겨났으니

마음이
그럴 마음 없으면 생겨나는 일 없네

마음이
지어 그런 일 만들어
마음이
제 스스로 괴롭다 하네

마음에
지음도 만듦도 없으면
마음이
허허한 큰 허공 같으리

그럼에 이 세상
모두가 하나라 평온하리!

O 잘 챙겨 갑시다. 머무는 바 없는 마음을
자신에게 미소를.

찬 서리가
산 가을에 하얗게 내린
이 아침에는

마당 자락 끝 물고
은은히 모락모락
풍겨 앉는 커피 향이
몹시 그리운 지금
햇살만 문틈 가르며 찾아듭니다

햇빛보다는
모락모락 커피가
더 그리운데……
모락모락 향운(香雲)이
더 그리운데……

지금은 햇빛보다는
아메리카노가
더 절절히 그리운데……
그 님 커피 향

내 님 가슴에
싸하게 스며 오시려나!

이 아침 차가움이 맴돎에
따스한 님의 숨결이
이리도 그리운데
아메리카노 따스한 님이!

이리도 그리운데
따뜻한 님의 입김
모락모락 내 입가에 번져 앉는
이 아침 내려진 커피 한 잔!

'그려진 내 님께'
따뜻한 커피 내려 한 잔!
한 모금 따스한 정을!

○ 잘 챙겨 갑시다. 춥다고 아는 '내'를
미소에는 추위도

11월 마지막 밤
도솔산 여운(餘雲)들,
삼경 지나 오경 여명에
피어난 흰 구름
도솔봉 시루에
모락모락 쪄지는
새벽 산 수 화

산 수 화
이 풍경 자연이 그린 그림
옛 님 마음
녹여져 흐른 한지 위에는
한 자국
한 날개 스칠 때마다
그려지는 산 수 화

도솔봉 시루에 쪄지는
맛스런 새벽 흰 구름
푸른 한지에 담겨 여기
누런 한지에 담아 저기

흩뿌리는 흰 가루 틈틈이
새하얀 한지 수놓는 아침
산 수 화
멋스런 산 수 화
옛 멋 그대로 그려 가는
작가의 첫 새벽……

O 잘 살펴 갑시다.
나의 끝없는 여정 길 몸을 끌고 가는(운전하는) '나'가 뭔지를 살피며
미소 과거심에 ●

2장

불기 2560년~2561년 🍃 겨울

내 어두운 마음
내 어두운 동굴 속

반짝이는 별 하나
새하얀 달 하나

까만 어둠
칠흑 어둠

몰아내는 매 순간
찰나의 여리지
찰나에 여리지에

12월 1일
한 장 남은 달력

어제라는 이름으로
11월을 그렇게 보냈습니다
추근추근 내리는 비와 함께
다시 오지 않을 저 먼 곳으로

보내는 아쉬움도 없이
아니
모른 척 보냈습니다
정확히 말하면
그냥 그러하게 갔겠죠

간다는 온다는 말은
우리들의 허튼소리

말을 여읜 그 자리
무어라
말할 수 없는 그 자리

무심에 그 자리엔 —!?

11월은 그렇게 갔습니다
가을 자락에 묻혀서……
12월을 가져다 놓고선
안녕히…… 말도 없이!

○ 잘 챙겨 삽시다. 소소영영 아는 '나' 뭔지
미소에는 꿈이 。

겨울이라
하얗게 내리던 눈
남한산성
다 덮어 버리더니

팍팍한 가슴에
포근히 내리더니
시리던 가슴에
훈훈히 내리더니

그 포근함에 젖은 날
그 훈훈함에 적신 날
하얀 눈 내 눈 되어
방울방울 지더니

펄펄 내 가슴에 내려
그 하얀 첫눈 보석처럼
그리 박혀 잔잔한 여운
그리움 강나루 만들더니

그루터기 그날 한 편에 묻은
그리움의 내 님 첫눈 꺼내
세월의 강나루에 앉아서
까만 밤 까맣게 물들이네

하얀 그리움
소복이 쌓이는 까만 새벽
까맣게 잊으려 난
새벽 지나 새하얀 아침

긴 밤 지새운 겨울비
애꿎게 내리는
아침 갈피의 추억!
첫눈 내린 날!

○ 잘 살펴 갑시다. 어디에도 물지 않는 '나'를
미소로 어리석음도

과거 현재 미래는
마음에서 비롯되어
그 마음이 만들어 간다

온갖 놀음에
걸리지 않으려면
지어 가는 마음만
바로 보아 그렇게 되면 되리

세상사 놀음에
얽매이지 않으려면
바로 보고 바로 듣고
바른 행 하면 되리

'유심(有心)엔 조건 없이
무심(無心)엔 늘 행복이!'

○ 잘 살펴 갑시다. 나라고 인식하여 '아는' 자아를!……
미소로 어둠을.

알 수 없는 '나'
미묘한 '나'를 찾아
오묘한 '나'를 찾지만
묘연함에 여울져 오는 그리움!
모여 모여 그리움의 강

강줄기 따라 한 폭 한 폭
심겨지는 그리움
그리움 움트던 시절
메이는 절절한 추억들

하얀 새싹 한 잎이 외로워 떨다 두 잎
한 잎 두 잎 하나 되는 곧은 줄기 한 줄기

너 나 되는 한 줄기
나 너 되는 한 줄기
그리움의 강가에
한 줄기 너와 나

○ 잘 살펴 갑시다. 늘 한 자리 '내'를
미소로 순경에

참 그립습니다
한 옛적부터 그리던 님
한시도 헤어진 적 없는데

늘, 그리움 이리 절절한지!

보이지 않는 내
왜?
이리 그리워하는지!
왜?
이리 애절해 하는지!

타는 가슴 재가 되어 흔적 없어야
그때야 보이려는지

이는 마음 부여잡아 흔들림 없어야
그때야 알려는지

늘 함께인 내 이리도
절절히 그리운 날에

찬 서리 떠다가
아메리카노 내려
음~
진향 진수 한 모금은

내 알 수 없는 내
알기 때문일까?!

내 님 날 봤기 때문일까?!

늘 한 내 님이
날 사랑하기 때문일까?!

아무튼 난
내 님이 그리운 이 아침
흰 구름 찬 이슬에
내
내게 젖어드는 날

○ 잘 살펴 갑시다. 여울져 가는 길목, 아는 '나' 꼭 잡고서
미소는 정직.

어찌 저리 잘 빚어낼까
실낱같이 가늘어
보기조차 애잔해 가슴 조여 오는

어스름 하늘 긋늬 눈섭 달
보일 듯 말 듯 은빛 눈짓

해거름 바쁜 길손
아예 길 한편 내어 밟곤
저만치 설레는 마음 눈짓

어스름 속 내민 새하얀 초승 실개눈
내 작은 눈 열고 내게 가슴 깊이 젖어 오는

어찌 저리 잘 그렸을까
가늘디가늘어 휘어진 달

가늘어 휘어진 입술
자애롭게 미소 짓는 어스름 달빛 하야니
자애로움에 하얀 입맞춤

어스름 내린 초저녁
초승달 실낱 눈웃음 지어
애달아 한달음 고운 빛 담아 한 품에
고이 안겨 오는 무창골!

어스름 한편 빛
이러하니 이러히 가자네
하얀 눈웃음 곱게 짓고
이러히 이러히 가자하네
내 안에 너, 너 안에 나 이러하니
우리 이렇게 살자하네

초승달 고운 미소 살짝 문 입꼬리
내게 닿는 초삼일 초저녁
무창재 앉아 달맞이

○ 잘 챙겨 갑시다. 머무는 바 없는 '나'를
미소 내 님께.

찬 이슬 한 바가지 몰래 퍼다가
차전에 한가득 부었습니다

질그릇 차전은 한가득 찬 이슬에
화들짝 놀라 긴 잠에서 깹니다

한 입 가득히
차전에 물린 찬 이슬
모락모락
보글보글 준비 중입니다

찬 이슬
차전에, 노란 국화에
홀딱 반했나 봅니다
얼싸안고 하나 됩니다

어화둥둥
둥둥 노래 엇박자 춤
춤사위 사위엔
노란 사랑색 찬 이슬 배고

배여 한 잔 노란 국화차 한 잔
곱게 어우러진 찬 이슬 사랑

내 입술에 한 이슬 감미
네 한 입술 한 잔 노란 사랑

하늘 하늘 날아 한 모금
너 나 하나 되는 이 아침 차!

차나 한잔!
여보게, 차나 한잔!
우린 차 한잔!
넌
난 한잔 국화차 아침!

O 잘 챙겨 갑시다. 멈춤 없는 '나'를
미소 시작에

옷깃을 여미는 날에
늙은 내 모습 봅니다
예전에는 쑥스러워서
예전엔 못나 보일까봐
망설이던 일들을
거침없이 합니다
웃어 가며
웃음은 마약!?

주책없다 할까봐 못 하고
주눅 들어 못 하고
모양 빠질까 못 하던 일들
이젠 거침없습니다
늙어서 그래라는 말로!

늙어서 그래라는 말로
얼굴 분칠하며 막무가내로
미소 연지 찍어 쩡긋하며
늙었다는 무기는 허허 통과

주책이 있건 말건 허허로움
긴 세월 걸음에 무뎌진 주책
주책없음이 이미 도가 돼버린 지금!

한 갑자 여울 돌아 무의 세계
움츠림에 응축 한 점 없는
무! 무! 무!
허허한 그 길
그 길에는 나
나 없음이라!
나, 나 없어라!
'늙어서 그래'에는 나 없어라!?

◯ 잘 살펴 갑시다. 밝은 길도 돌부리 있으니……
미소는 해맑게

삼경에 피어나 나 자신을 들여다봅니다
꽤나 씁쓸함이 봇물
무엇을 위해 우린 사는 건지
유효기간 잘 해야 백 년, 그 몸뚱이 위해 그렇게
온갖 못된 짓거리 하는지……
우리 함께 살아가는 세상 얼굴 좀 펴고 살면 안 되는지
좀 모자라도 웃으며 함께 손잡고 가면 안 되는지

등 돌리면 상대들 흉,
지 흉은 어디에 감춰 두고
남 흉봐야 누워서 침 뱉기인데

등 돌리면 못된 짓 만들어
남 등에 말의 비수 꽂고
뭘 얼마나 잘살겠다고……
우린 어차피 한 몸 한마음인데

왜? 그리 얄팍함 보이는지……
오늘도 광화문은 대한민국 무궁화 민초꽃 피워
대한민국 빛 광화문일 텐데……

우리 함께 사는 세상
나누며 보듬으며 살면 안 되는지
내 식구는 우주 전체인데
작은 울타리 쳐놓고는 울 밖은……

언제쯤 우린 하나임을 알까
대한민국 민초들만이라도
우린 하나란 걸 알고 살면
우린 평화로울 텐데
대한민국 앞선 우리일 텐데……

삼경에 내 자신 내 마음
들여다보며 혼자 하는 말
진정한 사람이 그리운 날
진정한 사람이 그리운 날

◯ 잘 살펴 갑시다. 우린 하나란 걸 잊지 말고
미소 허허.

쉬어가라 하기에
피곤해 쉽니다
쉰 듯하지만 잠시도 멈춤 없습니다
잠시도 멈춤 없이 돌아가는 세상
멈춤 없는 내 육신 내
멈출 수 없이 운용하는 내
멈추면 죽음인 몸뚱이……
이 몸 멈춰 놓고는 사라진 님
또 다른 껍데기 쓰고서
천연히 살아갑니다
껍데기
어떤 껍데기인 줄도 모르고
껍데기
위해 악을 쓰고 삽니다
깨지도록 박살나도록……
그렇게들 살아갑니다
몸뚱이를 위해서……
이젠 알 수 없는 마음
그 마음을 잘 보고
그 마음의 소리 잘 듣고

바른 그 마음으로 삽시다

사람이 그리운 날에
진정한 사람이 그리운 날에
허울 벗은 진정한 사람
사람이, 사람이 그리운 날
속 보이는 얄팍함 벗은
진정한
사람이 그리운 날에……

○ 잘 챙겨 갑시다. 껍데기 속의 '참나'를
미소는 진실

길 위를 걷습니다
휘적휘적 걷습니다
발끝 내려다보며 걷습니다
고개 아프면 고개 들어
하늘도 보고 길섶도 봅니다

길섶엔 유혹이 많습니다
노란 민들레
분홍 진달래 철쭉
온갖 군상들
샘도 덩달아 졸졸졸
연못에는
함초롬히 청아한 연꽃들
어여쁨이 발길 잡습니다

넋 놓고 쉬다간
해 저문 줄 모릅니다
초저녁 실낮달이
깜깜 어둠이
반짝반짝 별들이

내 발길 묶고
머물다 가라 합니다

그래도 난 가야 합니다
어딘지 모르는 곳
모르지만 가야 합니다
내 길 꼭 한길을……
쉼 없이……
?(──)!……

오늘도
참사람이
절절이 그리운 날

○ 잘 챙겨 갑시다. 쉼에서 '내' 흘리지 말고
미소로 쉼 ●

달,
밤 지새우기에
나도 따라 이 밤 지새웠습니다
하얗게……

작은 내 창 하얗게 달빛이 비춰 왔습니다
은은히……

그 까맘 저버리고 은빛으로 비추며 왔습니다
홀로……

그 까만 어둠 저버리고 한 걸음에 달음질쳐 왔습니다
홀로인 내게……

홀로인 내게 홀로 달 찾아 왔습니다
어스름 앞세우고 연노란빛 비추며……

홀로인 내게 홀로 달 내게만 왔겠죠
달 홀로인데 나에게만 왔을 겁니다

홀로 달인데 또 뉘에게 갔으랴!
저 홀로 나 홀로인데……

홀로 달 나 두고 내 님께 갔나 봅니다
어둠이 깔린 걸 보니……

나 두고 어딜 갔는지 온통 까맣습니다
눈앞이 보이질 않습니다

까맣게 까만 밤 나 홀로
달 그려 지샙니다
까맣게……

그저 그리운 건
참사람
참! 사! 람!

○ 잘 살펴서 갑시다. 어둠도 밝음으로
미소로 달빛에

햇빛도 시려하는 겨울호수
티 없이 맑은 물에 시려 이는 겨울바람
햇살 손짓 물살 살랑살랑 이는 결 영천호

물결 지어 겨울호수 거닐고
내 걸음 헛디딜까 햇살 반짝여 금빛 물결
금빛 물결 차가운 걸음
늙어 노을 지는 마음
저물어 가는 날에 깊은 골
물소리는 청아하니 골 깊이 스며 내 겨울 호수
날아든 한 마리 오리 물살 저어 내게, 안녕!

저문 해, 저문 저녁
저문 겨울호수, 저문 병신년
시려 저문 녘에 이리 애절히
참!사람 그리는 날
그리움 참사람!?

○ 잘 챙겨 갑시다. 저물어 가는 '내 길'
미소 저문 날에 ●

어디서부터 시작했는지
어디까지 가야 하는지?!……
참 한심스럽습니다
지가 저를 모르고 살아가는
나는 참 한심스럽습니다
해 기울어 날 저무는데
참 한심스럽습니다
애꿎은 밥만 축내고
참 그렇습니다.

쪼매 알 것 같은 삶의 끝
실안개 속 희미한 내 고향
이젠 쪼매 고향길 보이니
보이매 뚜벅뚜벅 발끝 보며
그렇게 걸어가렵니다
쉼도 거침도 거칠 것 없이
저 먼 저기 눈 안 내 고향
여리지 그곳으로 나는 뚜벅!

○ 잘 살펴 갑시다. 온갖 가시넝쿨 길, 바르게 보고 듣고 올곧게
미소로 밝음에.

언제서부터
따라오는 걸까
어디까지
따라오려나
겨울바람에
움츠린 어깨 너머
저만치 소리 없이 따라오는 님
저만치서 해맑게 따라오는 님
저녁 길 어두울까 싶어
깨어난 달
에둘러 들러리
해 질 녘
하얀 달 햇무리 배웅하는

햇무리
무리진 무리 빛
낮달
샘이 나서 빛 무리
둘러 둥그런 무리무리
해도 강강술래

달도 강강술래

나도 강강술래

너도 강강술래

하나하나 잡은 손

우리 강강술래!

우린 강강술래 한 ⭕

늘 그리운

참!

참사람

참사람! '이'

⭕ 잘 살펴 갑니다. 헛되지 않도록 '내'를
미소 어우러짐에.

푹푹 삶던 헉헉한 여름날이 그리워
이리 왔습니다
물위에 활짝했던 님!
아침 이슬에 해맑디맑은 미소
새초롬하게 머금어 핀 청아했던 님 보고파서!

지난여름 그 아침 풋풋한 수줍음
꽃피우던 님 아른한 연분홍 미소
샛노란 꽃술 얼굴 설레는 마음
열여덟 소녀로 핀 님은 어디로 갔을까요!

그 여름날 아침 이슬 머금은
싱그러운 꽃 '연', 그 아름다움이
생생하여 걸음 했는데
그 여름날이 그리워 그리운 걸음걸음인데
싱그러워 청아한 '이' 그 여름이 데려 갔네요
두고 가도 좋으련만⋯⋯
분홍빛 촉촉한 입술 이슬방울에 빛나던 님
연꽃으로 곱디곱던 님!

갈바람에 메말라 날아갈 듯한 잎새만
뿌리에 잡혀 날고 싶어도 질긴 끈에 이어져
그리 그리 말라 갔네요
차디찬 물에 잠겨 그렇게 지고 말았네요!

샛바람 시린 가지 손짓엔 내년에 봐요
바삐 이 겨울 지나며 내년 내년에 보아요!
연꽃은 추억 지난날에 묻고서
얼음장 저버린 따스한 봄에
봄이 저문 날에 보자 하네요!
꼭…… 꼭!……

❍ 잘 챙겨 봅니다. 다시 올 '나'란 무엇인지?
그리움에 미소

어제 광화문이 비로소 광화문 되었습니다
한 빛 한 빛이 되었습니다
한 꽃 한 꽃이 되었습니다
염원에 꽃 무궁화꽃 한 촛불 한 촛불이
한 무궁화 한 무궁화로 광화문이 되었습니다

온 나라 무궁화가 빛이 되어 광화문 사거리 만발했습니다
염원에 무궁화꽃들 백만 송이, 나라사랑 빛 무궁화 백만 송이
무궁화꽃 나라꽃 민초꽃 백만, 이백만 송이 피어
광화문 만들었습니다

옛 님 멀리 오늘을 보고 광화문이라 이름 지었습니다
오늘 이백만 송이를 넘어 삼백만 송이 피우려 합니다

한의 함성 = 민초들 눈물, 힘없는 무궁화 한 송이들이
모여 모여 이백만이 넘는 민초 무궁화꽃으로 피었습니다

나라사랑 꽃, 아름다운 나라 꽃
대한민국 꽃 민초꽃이여!
대한민국 빛 민초 빛이여!

대한민국 광화문에 참다운 빛의 꽃으로 피었습니다
그 긴 세월 광화문 비로소 백만 송이 이백만 송이
한 빛이 되어 오늘 피었습니다

'오늘 촛불꽃 꺼지지 않을 획, 영원으로 남겨 질 겁니다'

"광화문을 광화문으로 만든 민초들 빛의 꽃"
우리들의 빛! 우리들의 꽃! 우리들의 광화문!

이런 엄청난 빛의 꽃 물결 피어나게 하신 님이시여
이젠 그만 접으소서!
이젠 그만 애태우게 하소서!
이젠 그만 기만하소서!
민초꽃 감사히 받으시고 겸허한 인사로 마무리 잘하소서!
님이시여, 사랑하는 내 님이시여!
님을 사랑한 민초 무궁화꽃들께
님의 어리석음 엎드려 참회하소서⋯⋯

광화문에 촛불(민초)이여!
님의 바른길 잘 살펴 가소서!
감사합니다

가끔 가고 싶은 곳
바람개비들 모여 사는 곳
얼마나 많은 바람 얼마나 많이 지나가기에
하나둘 모여들어 군락을 이루고 살까

산마루마다 산봉우리마다
저마다 최고라고 저마다 잘났다고 홀로 우뚝
거대 바람개비가 봉우리 하나 자리 잡고
바람 불면 쉭쉭 힘겨운 듯 돌고 돈다

바람개비는 바람 먹고 사는 님
저 거센 바람을 통째로 먹고 쌓아 놓는 건 전류
모아, 모아 우리에게 보낸다
밝게 살라고 편리하게 살라고
쉴 새 없이 벌어서 한 푼 남김없이 몽땅 우리에게 준다
어미가 자식 먹여 살리듯 바람개비는!

바람개비 마을에 서면 펼쳐진 파노라마 산군들
작은 내 가슴 넓게 펼쳐 든다
몰락 몰락 이어진 산들 끊김 없이 이어진 산을 보며

이어진 우리를 본다
저리 하나로 이어진 우리인데
왜 우린 알알이 튀어야 하나
우린 작은 알알이 되어
왜 복작복작하며 여울져야만 되는 건지!……
먼 산 바라보는데 눈시울은 왜 또 젖어 오는지
먼 산 너울에 흘려 흘린다

바람개비는 돌고 도는데
석양빛에 흘려 흘린 눈물
영롱히 눈썹 끝 방울 맺는 마음
바람개비는 속절도 모르고
돌고 돌기만 하염없이
여울진 하루는 노을빛이 먹고
내일 밝은 햇살로 안녕

○ 잘 살핍시다. 여울진 '나'를
미소 바람개비

무창(無昌) 마루에는
큰 기둥에 날개 세 개 달린
바람개비가 늘 돕니다

큰 기둥 내가 되고
날개 하나는 과거
날개 하나는 미래
날개 하나는 지금 현재
바람 부는 대로 돈답니다

큰 기둥 나는
지나감을, 돌아옴을
지금에 쉼 없이
세월 바람에 돌려 버립니다
악업 선업 생각 없이 마구……

과거 돌리니 현재에 이르고
미래를 돌리니 또 현재에
그 현재마저 돌리니 그도 현재
돌려도 그 자리에 옵니다

바람개비 날개 과거 현재 미래

나란 기둥에 달린
과거 현재 미래 내 날개도
저리 돌아 그 자리에 오겠죠
그래서 잘 살아야 하는데
씨앗 심는 대로 거두는 게 이치
내 바람개비 잘 단속해야지……

O 잘 챙겨 갑시다. 진먼지만큼도 여울지지 않게
미소 미소

무창 마루 바람개비는
큰 기둥 하나에 날개가 셋
큰 기둥 하나는 내가 되고
날개 하나는 탐(욕심)
날개 하나는 진(성냄)
날개 하나는 치(어리석음)

내 기둥에 달린 날개
하나의 욕심이 돌고
내 기둥에 달린 날개
하나의 성냄이 돌고
내 기둥에 달린 날개
하나의 어리석음이 돌고

큰 기둥 나는 탐 · 진 · 치
세파 바람에 뭔지 모르고
잘도 돌아간다
하하 호호 웃으며
때론 흑흑 흐느끼며
잘도 돌아간다

내 바람개비는……

언제나
돈다, 내 바람개비는
언제나
돈다, 세파 바람…… 나는……
언제나 쉼 없이

돌고 돌지만
'난'!?
늘 그 자리 '一'!

○ 잘 살펴 갑시다. 탐 · 진 · 치 걸리지 말고
미소 탐 · 진 · 치

무창등(無昌燈)
바람개비 날개 위에
올라 앉아 세상 봅니다
넓습니다, 땅에 늘 붙어 있는 발
발에 늘 붙어 있는 내 눈이
바람개비에 오르니 앞이 창창합니다
실낱 선으로 그린 그림 산수화
히끗 히끗 안개 날고
와우,

'한소리는 고만큼?!'

바람개비 날개 위
보이는 건 고만큼
더도 덜도 아닌 고만큼
고만큼이 내 눈에!

내 눈에 들어온 고만큼만
오늘에 난 본다!

뒤는 눈이 없어 못 보고
양옆 가장자리 끝도
눈두덩에 가려 못 본다
내 얼굴 내 눈 가려 고만큼!
내 잣대 고작 고것 고만큼!……

모양 없는 바람개비 날개
모양 없는 '이' 세상 보면
어 떨 까?!
어떨까!?

보고 싶다!
참!의 그리움이
이런 그리움 또 밀려온다
참사람이
참사람이 그립다
이 순간에는!?……

○ 잘 살펴 갑시다. 헤어짐 없는 자신을
미소 쭈욱함에

무창재 마루에는
바람개비가 살고 있다
무심히 자기 일만 하는
내가 오든 가든 상관없이
바람 따라 돌아간다

바람개비 날개는 셋
그래서 나, 하루는
과거, 현재, 미래 돌렸고
또 탐, 진, 치를 돌렸다
오늘은 조용히 옆에 앉아
바람개비, 바람, 나와 셋이
날개 하나에
과거도 날려 버리고
날개 하나에는
현재도 날려 버리고
날개 하나에는
미래도 휩쓸어 버리고
바람개비 날개에 매어 둔
과거, 현재, 미래

돌바람에 날리고
바람개비 날개에
매어 놓은 탐, 진, 치도
세찬 바람에 날리고
내 기둥마저
저 바람에 날렸는데
날개 셋, 저 바람개비는
그래도 돈다
속절마저 돌린다

'그냥 돈다 그냥!'

⭕ 잘 살펴 갑시다. 부는 세파에 휩쓸리지 말고
미소에는 항상함이 ●

내 친구 바람개비 집에서
세찬 바람 놀음에
난 다 털렸다
다 날렸다
다 털어 버렸다
무창 세찬 바람에
다 털어 버려
아무것도 없다

무창 산비탈 음지 녘에 하얀 눈
그 새하얀 눈처럼 하얗게
새하얗게 다 털려 새하얗다

나는 '무창' 되었는데!

바람개비는 그저 저리 돈다!
돈다! 돌아간다!
돌아가는 발길 아랑곳없이 돈다

다 털려 내 없는데

과거, 현재, 미래는?!
내 없는데
탐, 진, 치는?!

없는데 돈다
내도 돈다
내도 돌아간다
있고 없고 상관없이 돈다
내 생각 없이 돈다
돌아간다!?

아무것도 없는데……
간다, 휘적휘적……

○ 잘 챙겨 갑시다. 길 없는 길, 노정에 메이지 않게
미소 자애롭게.

무창
무 = 없을 무(無)입니다
창 = 창창할 창(昌)입니다

없어서 창창해서 걸림 없는
울타리 없어 티 없는
'우주'
나는 요즘 이 무창에다
날개 셋 나란 기둥에 달고 돌렸습니다

무심히 바람개비 되어
바람결에 돌아봤습니다
바람개비 날개에 올라
높이 날아도 보았습니다
긴 세월 바람에
바람개비 나는 잘도 돌아서
예까지 왔습니다

그 긴 세월 바람에 씨앗
널리널리 날렸습니다

그 씨앗들은 행복의 니르바나입니다
난 늘 모두의 길 친구 길섶
꺼지지 않는 영원함에
윤활유 늘 한 길섶으로
내 소임을 다할 겁니다

여러분이 알아 주든 말든
난 내 길인 길섶이 되어
영원한 내 님들의 활력소
무창인 무창 길섶으로
세세생생 갈 겁니다
영원한 길
여러분 길섶이 되어……

여러분 진정 사랑합니다
늘, 안녕!

○ 잘 살펴 갑시다. 머물지 않는 그 길을
미소에는 행복이

봄 동산에 걸려 지새운 밤
밤새조차 여린 봄밤
봄 하늘 별 반짝임도 수줍던 그날

긴 여름 초롱초롱하게 밝히던 밤하늘
가을 밤하늘에는 소풍 날아온 봄날이
단풍 진 밤하늘 별 되어
꿈은 긴 날개 펼쳐 수놓는데

철 지난 은하수에는
쓸쓸히 저무는 가을 배
저 홀로 내 님 실은 댓닢배
유유히 흘러 어디로……
어디로 흐르려 홀로 저리……

댓닢배 푸른 하늘 우주유행
갈바람 삿대 메고 돛대 부니
하얀 달 베개 삼은 가을밤
하늘엔 홀로별 우뚝한데

가을밤 뜬눈 새움은
가을산 뜬눈 지새움은
하얀 눈 기다림인가
무창골 산기슭 하얀 눈
꿈길 날아날아 소복이
정유년 바라보는 풍경
봄 · 여름 · 가을 보내고
찬바람만 옷깃 여민
병신년 12월 25일 일요일
이 아침 겨울 햇살!

텅 빈 하늘
시려 파란 하늘
텅텅……
홀로 텅텅!?

○ 잘 챙겨 갑시다. 머물지 않는 '나', 죽지 않는 '나'를
미소 참 ^^.

님 그려한 날들
하루 이틀 지난 일 년
싸락눈 내리던 날에
님의 입술 맑은 미소
단아하시던 님의 모습

추워 떨던 나를 님은 언 손 꼭 쥐어 주시고
넓고 따뜻한 품에 작은 나를 꼭 품어 주시던
운주사 내 님!

천년 세월 날 기다리다 석불 되셨나?
그 미소 그 향기 따스하게
꼬옥 품어 주시네! 오늘도

부부와불 꼭 다물어 입꼬리 살짝 올린
자애로운 미소는 누구를 기다리는 미소인지!
누굴 기다리나, 운주사 와불은
운주사!
운 주 사!

천(千) 부처님
천탑 싣고 은하수 놀이
한송뜰 유행하는 님 운주사

운주사
전남 화순에 정박한 천년
천탑 천불은 한송뜰 찰나 속에 맴도는데
내 님 부부와불은
언제쯤 우뚝 서실까?

내 이 뭣고?
내 이 뭣고!
꼭 잡혀 보인 날일까?
운주사 천불 천탑
오늘 꼬옥 품으리다
꼬옥!

○ 잘 살펴 갑시다. 가없는 날 미끄러짐 없도록
미소로 미소로

병신년이
시름을 넘기에
나도 따라 넘깁니다
늙어서 귀찮아져서 며칠을
그리 뒹굴었습니다

뒹굴뒹굴 할 일은
모른 채
모른 척 눈감았습니다
그냥 노사나(몸)
하자는 대로 뒹굴뒹굴하니
매너리즘이
스멀스멀 합니다
이쯤에선 일어나야겠죠

네에!
일어섰습니다
일어서 달립니다
아득한
겨울바다 수평선 같은

내 길에 길평선을……
웃으며
허튼짓에 날갯짓을
너울너울 너울 짓 할 겁니다

내 길에
게으름이여 안녕!

내 길에 님들이여
반가움에 안녕!

우린 늘 안녕……

O 잘, 또 잘 살펴서 갑시다. 초행길에 날갯짓을……
미소에는 미소가.

12월 하순 오늘
며칠이란 미명 아래
숨겨지는
망년 28일입니다

이 해를 보내면서
이 해의 뒤안길은
어찌됐든
잘 살아온 길입니다
많은 일들이
우리 곁을 스쳐 갔을 테지만……

지금도
스치며 일들 바라보고
잘 살피며 걸음들 하시겠죠
그럼에도
우린 늘 처음입니다

이어진 길
늘 처음이고

늘 새로운 길이 열리고
늘 사라지는 길입니다
우린
늘 이와 같이 간답니다

우리 가는 이 길은
처음 가는 이 길은
처음이자 마지막 길
그러기에 잘 살펴서
잘 챙겨서 갑시다
미끄러지지 말고!
보내는 병신년??!
맞이하는 정유년!?

◯ 잘 챙깁니다. 내 발길들을
늘 한 미소로.

내 님 그려한 날들이
병신년에
그날들이 안녕하잡니다
싫어도 좋아도
선택의 여지는 없습니다

그렇게 가야만 하는 길
이렇게 보내야죠
이러히 맞이해야만 되죠
그렇죠
그런 겁니다
좋고 싫은 감정이란 무의미!

무의미 길엔
없어서 생각이 아름다운 거죠
아름다움은
생각을 비우는 겁니다
생각을 만드는 게 아니라······

바른 생각으로 살면 됩니다

치우침 없는 바른……
바름은 아름답습니다
아름다움은 우리 인격을
승화한 멋이죠

멋은 우리입니다
우린 멋쟁이입니다
우리는 최고 멋쟁이들!
옳고 바름의 멋쟁이들

○ 늘 잘 살핍니다. 나라고 아는 그 님을
미소에는 아름다움이

겨울 바람이 찹니다
움츠린 노사나(몸)
추위 아는 비로자나(맘)

찾아 왔네요, 겨울 바닷가
따뜻한 아메리카노를!
바다 끝없으리 만큼
눈에 가득합니다

떠 있는 건 색색의 부표
유등처럼 떠있네요
어부의 밭에 이정표
이 정 표 점점이……

끝없는 내 바다 이정표는
이 뭣고??
알 수 없는
내 찾는 이 뭐꼬??

○ 잘 살펴 갑시다. 나라고 하는 '나'를
미소 내 길에 ●

늘 한 날
마지막이란 한 해 끝
끝에 선 우리는
새로운 날에 대한
기대감을 고조시킵니다

보낸다는 아쉬움을 안고
맞이한다는 설렘을 가슴에 안고
새로운 해의 의미를
떠오르는 태양에 실어 환호하죠

마지막이란 찰나 찰나
처음이란 매 순간순간
이렇게 맺어 가고
이렇게 맺어 오는데
이렇게……

난 늘!

❍ 잘 살펴 갑시다. 가고 옴을! 아는 '나'를
미소 얼굴

한 해가 시작되는 날
올 정유년 한 해
모두여 건강하소서
모두여 행복하소서
모두여 좋은 뜻 이루소서

너와 나 텅 비고 비어
드높고 드넓어라
중생 부처 한통속 일이니
이러하니
나날이 즐겁고 즐거운 날
햇살 이는 이 아침
노을 붉게 동녘 물들이는 소식!

정유년 국운융창
아름다운 세상뜰
하나 되는 한송뜰
이루어지는 정유년

○ 잘 챙겨 갑시다. 가없는 길 '주인'
미소 아름답게 ●

참!
참이 시리도록 그리운 날

참이 그리워
매운 눈물이 흐르는 날

참!
참 그립습니다
매운 눈물 바닥

퍼내도
퍼내도 바닥은 안 보이고

퍼낸 만큼
퍼낸 만큼 또 자리합니다

늘,
참그리움 그리운 날!

○ 잘 살펴 갑시다. 여울진 삶의 자락
미소 시큰……

새해 아침
바닷가에도 물결이
높은 산 위에도 물결이
염원들 물결이 저마다
마음속들 물결이 저마다
망년에 졌던 태양이
새해 아침 찬란히 뜨는 건
환호 받기 위함인가
푸른 바다 금빛 물결
검던 허공 금빛 노을로
설레는 사람들 마음 금빛
금빛 노을 붉음에 젖을 때
아침 햇살 새해 맞는 이들 찬란히 비춰
오시는 새해님

새해! 새해는 엊저녁 진 그 해인데
지는 노을 아스라하게
해 가져가던 망년
뜨는 노을 와, 힘차게
해 가져오는 새해 새날

나날이 보내고
나날이 맞이하는 그 해
새해는 어제 그 해
이생 나는 전생 그 '나'
오늘 나는 내일에 또 나
난 어제도 나
내일도 나
오늘 나
난 그냥 나일뿐이네!
그렇게 나일뿐이네!
오늘 해가 어제 그 해이듯이

O 잘 살펴서 갑시다. 그림자 내가 있기에 있는 것을
미소에는 바름이.

찬바람만 가득한 동산에 올라
저 먼발치 하염없이 바라봅니다
넓디넓게 펼쳐진 자연의 가슴에
한달음에 묻혀 봅니다

애달파 애달프던 옛 속
한가슴에 그리움이란
찬바람이 남긴 하얀 눈밭
하얀 눈빛만 석양빛에 반짝일 뿐
애달파 애달픔 파란 하늘도 시려해
저리도 파란가 봅니다

파람에 젖은 이내 마음……은
파랗게 흐릅니다
쪽빛강 되어 소리 없이 흐릅니다
이 겨울 추위도 가슴에 담고
파란 강이 되어 이리도 애절히……

이내 맘에 흘러 흘러든
넓은 저 대자연강을

과감히 내 작은 가슴에 묻습니다
남이 볼세라 찰칵!…… 담습니다

남이 볼세라
내가 알세라
순간에 찰칵 담습니다
찰나에 찰칵 묻습니다
내 님의 끝없는 사랑을?!……

○ 잘 챙겨 갑니다. 머물 수 없는 길 머물지 않도록
미소로 머무는 바 없이.

음력 12월 8일
석가모니란 한 사람이
모자람에서 완점함을
조금도 모자람 없이
완벽함을 갖추고 있는
각자임을 아신 날

3000년 전 12월 8일
자기 마음속 사유하다
떠오르는 새벽별 보시고
우리 스스로가 완벽하게
갖추어져 있음을 확인하신 날
부처(아는 경지)님 되신 날

우리도 석가모니같이
어리석음에서 벗어나
지혜로움에 도달하는
완전한 우리임을 압시다

그 완전함이란

남에게서 얻는 것이 아닌
내 안에 있습니다
내 안에 있는 나,
내가 해결해야 합니다

자기 마음 보고 아는 '자기'
그 '나'를 찾아보는 맑고 밝은 티 없는 '나'
그 '참나'를 찾아보는 오늘 그런 하루 엽시다

오늘만이라도 자기를 오롯이 관찰해 봅시다
내인 '나'에 올인 하는 날 되어 봅시다

O 잘 챙겨 갑시다.
새벽별을 새벽별이라고 아는 그 '아는 나' 집중하여서
미소로 여리지에 ₒ

동지섣달 차가운 밤
실낱달이 저녁노을 벗 삼고
반짝이는 초롱 별 하나
손잡고 나란히 밝게 웃으며
초저녁 나들이 내게 오네요
내게만 오네요
까만 밤 앞세우고 내게만!

실낱달 별 하나를 담은
초저녁 밤하늘 잡아서
내게 보내옵니다, 연우는
내게만 온 달 하나 별 하나를
연우는 어찌 데려왔을까
내게 온 달 하나 별 하나는
저만치 지나갔는데
아까 오시던 님 저 별 저 달을
고스란히 데려왔네요
내일에 갈 수 없게 붙잡고
내 휴대폰 사진첩에다
늙지 않게 꽁꽁 묶어 놨네요

별 하나 달 하나 초저녁을……

어젠 굶어 날씬한 초승달
님인 날 보고 오늘 포동하게
하얗게 살찌워 왔는데
연우 요술 부려 데려온
초저녁 손톱달 어제 그대로!
어제 달, 오늘 별, 난 이리 좋은데
나날이 그냥 좋은데
어젠 어제라 좋고
오늘은 오늘이라 좋고
내일도 내일이라 좋을 텐데
낸 날마다 찰나 찰나 좋은데!
—————!!!
낸(   )!?……

◯ 잘 살펴 갑니다. 날마다 좋다고 아는 '내'를
미소 달님 같은 ●

초저녁부터 일어나
부지런 떨던 하얀 달
작은 별 하나 질세라
어깨를 나란히 걸며
반짝반짝 이야기꽃

길 걸음에는
까만 어둠 밝히는 소식
하얀 밤 꺼질까
하얀 밤 까매질까
이는 바람에 흔들리는
반짝이는 밤의 빛
둘이서 나란히
걸어 걷는 소식

내 어두운 마음
내 어두운 동굴 속
반짝이는 별 하나
새하얀 달 하나
까만 어둠

칠흑 어둠

몰아내는 매 순간

찰나의 여리지

찰나에 여리지에

O 잘 살펴 삽니다.
어두운 밤 같은 내 '길' 그렇다고 아는 '나'를
어둠 뚫는 미소.

겨울이 갈까봐
봄이 올까봐
콜록이가 잰걸음
한달음에 왔습니다

온다는
소식도 없이 불쑥!
찾아와
귀찮은 인사말

콜록콜록
잊지 말라고……

콜록콜록
가없는 그 날들!

콜록콜록
가는 길 여리지였으면!

O 잘 살펴서 갑니다. 헛디딤 없이 바르게
웃습니다, 그리움에

세상은 존재하는 것도 아니고
없는 것도 아니다

눈앞에 보이는 모든 법은
인연 따라 일어난 것
거기에는 나도 없고
느끼고 따르는 자
영원히 실체로 있는 것도 아니네

착한 일 악한 일
자기가 지어 놓은 것은
결코 소멸하지 않네

모든 것은 자기가 지은 대로 받는 것
순간순간의 생각이
미래를 만들어 가는 것을 알고
진실 되게 살아간다면
내일은 맑고 밝으리!

○ 잘 살펴 갑시다. 바름에 길로, '아는 자' 무엇인지?
미소는 티 없이

비가 내립니다
정유년 정초 새 비
대지가 메말라 가기에
겨울비 내리는가 봅니다

자연의 섭리는 저렇게
한 치 오차 없이 돌고 돌아
목말라 애타하니 촉촉이 입 축여
갈증 해소시켜 주는데

정유년에는 메말랐던 내 가슴에도 겨울비
저리 내리는 해!?……

내 자연의 가슴에도
한 치 오차 없이 돌아가
내 가슴 메마른 마음 겨울비 촉촉이 뿌려
움 틔워 새싹 파랗게?!

내 어림 여리지까지
뚜벅뚜벅 갈 수 있도록

비 촉촉이 뿌리고 햇살 찬란히 비춰
여정의 길 다져다져 홀로인 우뚝한 해로

여리지 그곳 여리지인 손 맞잡아
여리지 이을 뒤 이은 님
이를 손 천수관세음 손
이를 눈 천안관세음 눈
우린 천수천안 우리들!

내 마음의 비
천수천안 만드는 단비
오늘 겨울비는 땅을 축여
우리를 천수천안에 이르게 할 비

○ 잘 살펴 갑시다. 천안, 천수 '나' 자신
미소에는 단비가.

겨울밤 유난히 빛나는 별들
겨울비 지나간 후여서일까
멋진 내 만나서일까
깜빡 깜빡이는 눈이 초롱초롱해
내 마음 수줍어지는 겨울밤

옅게 깔린 운무도 발그레
발그레 운무에 붉어진 나는
수줍은 마음 괜스레 콩당콩당
나는 살아 있음에 먼 산 보며
초롱초롱이며 깜빡이는 초롱별
너, 나 반짝여 어두운 밤 만들고
너, 나 반짝여 밤하늘 초롱초롱하게
긴 겨울 밤 차가움
너, 나 한집 소식!

내가 너 되어서
네가 나 되는 한사랑이
한울 한사랑 알까? 모를까!
네가 내가 되고

내가 네가 되는 한사랑 한울
진사랑 말을 떠난 진솔
그 — 사랑 참소식은?……( )!

별들의 속삭임 도란도란
도란도란 아는 '인(人)' 어디에?
아는 '이' 어디에!?……

◯ 잘 챙겨 갑시다. 저무는 내 발길 '참'을
미소 초롱초롱하게

동지섣달 에는 밤이
곤한 잠 흔들어 깨운 건
옛 강에 가신 아버지 손짓
머뭇머뭇하지 말고 어서어서 가라고
눈빛 여울 강 되어 흐릅니다

아버지 소린지?
아버지 그리움인지?
밤하늘 메아리 되어
내 강에 울려 옵니다
곤한 잠 흔들며 옵니다

내 강가 늘 저만치서
아버지강이 흐릅니다
소리 없이 모습도 없이
내 작은 가슴에는 아버지의
늘 한 님의 강이 따릅니다

내 강에 시원지에는 님인
내 아버지가 서 있습니다

바람에 흔들릴까

태풍에 날아갈까

폭풍우에 쓸려 갈까

화양연화에 주저앉을까

신선놀음에 도끼 자루 썩음 모를까봐

묵묵히 따라 흐릅니다

님이시여! 마음 홀로강

늘 홀로인 내 강에는 옛 님

아버지강도 있습니다

내 마음 강에는 아버지강도

늘 함께 흐릅니다

만남도 헤어짐도 없이

늘 그리 흐릅니다

님이시여!

이젠 이러합니다

○ 잘 살펴 갑시다. 발밑을…… 자기 '맘'을!
미소 뿌리에 ●

이 맑은 새벽
한가운데 서 있습니다
두 손 모아 우리를 모으고

이 맑은 새벽
두 손 모아 머리 숙여
모두를 아우릅니다

두 손 모아 한 모금
맑은 새벽
한층 더 청아합니다

한 모금 한 새벽
영롱히 내 안의 빛
한 새벽 밝아옵니다

청아한
한송뜰 한 새벽
청아한
우리들 한 모금 영롱

영롱한 우리 뜰 한송뜰!

눈썹 새 빛
눈썹 새 방울진 물
뚝!……
뚝뚝!……

○ 잘 챙겨 갑시다. 소소영영 아는 '자기'
미소는 영롱히

염원의 한 줄기가
일렁이는 하늘가에서
흔들리다, 흔들리다 못내 일어서려 합니다

흔들려 휘어잡힘이
그 고난이 버거워서
혼자 혼자 울다 여리지
그 강 따라 흐르려 합니다

홀로 강에서 그 외로움이 절절함은
내 옛 님 그리워서일 겁니다
내 님이 그리워 그리워서
찬 새벽 도량석 딱! 딱! 딱!……

한 발에 그리움 딱!
한 손짓에 그리움이 딱!
한 마음이 저려서 딱!
한 발 한 손짓 한 마음이 딱! 딱!

까만 어둠 긴 끝 새벽을

여린 손끝에는 목탁이 딱!
딱! 딱! 딱! 까만 밤 밀며
울려 울려서 새벽 문 엽니다

여리지 저 강에
여리지 저 바다에
여리지 저 하늘에
여리지 길 그리 갑니다

여린 내 벗이 갈팡이다
짓눌린 마음 자락이 못내
저 어둠 뚫고 나오려 합니다
동시줄탁!
어미 새는 이러하게……

◯ 잘 챙겨 갑시다. 늘 홀로인 '나'를
미소 혜주●

하루 종일

그 어디에도

머물지 않는 맘

근심하는 맘

즐거워하는 맘

걱정하는 맘

만족하는 맘

더럽다는 맘

깨끗하다는 맘

좋아하는 맘

싫다는 맘

밉다는 맘

행복하다는 맘

일어나는 그 자리

바로 보아 알아차려서

여여함에 이르면

최상의 행복이라 하리

○ 잘 챙겨 갑시다. 물듦 없는 '나'를
미소에는 하나가

이젠 이러히 조급하지도 않다네
화
일어남도 안다네
즐거움
일어남도 안다네, 어지럽지도 않다네
근심
걱정도 다 없어졌다네
더럽다
찡그리지도 않는다네
행복하다
즐기지도 않는다네
평화롭다
안주하지도 않는다네
괴롭다
애태우지도 않는다네
그냥 내 길 뚜벅뚜벅 간다네
오로지 꼭 한길
그냥 그렇게 간다네

O 잘 살펴 삽시다. 살피고 살펴서 내 길!
미소로 길.

무창골에는 솔바람 일고
무창재에는 바람개비 도는데
무창인(人) 할 일 없어
바람 따라 무창재 올라
도는 바람개비 따르는데
날개 없는 새 한 마리
속절도 모르며
무창골, 무창재 오르락 내리락
속절도 모르며
오르락 내리락 무창을

바람 부는 무창
무창에는 바람개비만 빙빙
무창에는
나 홀로 저리 돌아온 섬
무창섬
등대, 난 반짝반짝
한 불빛
둥글 돌아 저 바다를 품고
고깃배

한숨 돌려 한걸음 저녁
무창에는
무창 늘 널부러졌는데

소한이를 보내고
대한이를 부르는 날
얼쑤,
참 그러한 오늘 '내'

O 잘 살펴 갑시다. 여울져 흐르는 '강'( )?!
미소에는 바람이

참!
푸릅니다, 저 하늘이
참!
푸른 건 시려서일까?
아님
맑디맑아서일까?
참!
그렇습니다
님 그리는 날들이……

일 초도
헤어짐 없는데 왜?
한순간도
떨어진 적 없는데 왜?

일 초도
같이 있음을 못 느낀 제각각
한순간도
함께함 모르는 제각각

한순간도
헤어진 일 없는(─)?!……

휘웡
그리움만
그리움만 절절절
?=내 님 그리는 날?!……

O 잘 챙겨 갑시다. 나라고 하는 (무엇)을
미소 내게.

대한인 오늘을
하루 앞둔 날에
바람 겨워 돌고 도는
바람개비에게 왔습니다
하염없이 돌고 도는 속!

삶에 자락도
세상 바람개비에 겨워
돌고 돌아 갑니다

숨 가쁘게 도는 생
쉼이란 사치처럼
내겐
저만치 비켜 서 있네요

세찬 바람에 겨워
돌고 도는 바람개비
나도 따라
바람개비로 돕니다

삶이 뭔지도
생(生)이 뭔지도
사(死)가 뭔지도
모르고 돌고 돕니다

산마루에 서서
석양에 나를 비춥니다
저녁노을에 젖어 듭니다
한 자락이란 한숨에!?!……

○ 잘 챙겨 갑시다. 소소영영한 '나'를
미소로 그곳에.

대한이 왔다고
하늘하늘 하얀
나풀나풀 축제입니다
하얗게, 하얗게……

대한이 왔다 가니
구정 손잡은
세밑 걸어옵니다
세밑 예전이 좋았는데

요즘은 늙어서인지
까치설도 어디 가고 없고
기억의 말미 세밑
예전에는…… 강이 되고

세밑 세밑이라 심울해져
흐르려는 가장자리 마음
예 더듬어 눈발 한 눈발
세밑 기억 흩뿌립니다

그리움 터널엔

옛 향기가 맴 돌고

세밑 강가엔

추억 고드름 져 오는데

예 이은 예 이어 옛

한랑 속 일 섣달 끝

대롱한 붉은 잔나비는

새벽 닭 노랫소리 쿵!

O 잘 살펴 갑시다. 이음에 길 헛발 딛지 않게

미소로 이어짐에.

어둠을 깔고 앉아 삼경으로 가는 나그네
오늘 내린 하얀 눈도
삼경을 향하느라 반짝이는 이 시간

시린 하늘 한 잎이 볼에 닿는 입맞춤
닿으며 아, 따스해!

아, 따스해!

따스한 볼엔 하얌이 내려 앉으니
하얀 눈 발그레한 두 뺨 위에 하얗게 흐르는 밤

하얀 눈 닿은 자리는 파랗게 시려하는 밤
섣달 스물사흘 이경 나 홀로 까만 하늘 나는

나 홀로
나 홀로 나는 하늘
하늘, 한 하늘…… 나!

○ 잘 살펴 갑시다. 어둠 걷고 밝은 '나'를
미소 자신에게

이곳!
맑은 골!
어둡지 않은 곳!

생겨남!
생겨남 없는!
그 자리!
영원불멸?!

영

원

불

멸

그 자리는?……?(—)!

O 잘 챙겨 갑시다. 자신이라고 아는 '이'
미소 그러한.

찬 법당 마루에 앉아
한 잎 한 잎이 날리는
새하얀 눈꽃잎 봅니다
한 잎이 바람도 없는데
흩날리며 허공을 납니다

한 잎이 날아서 살포시
메마른 대지에 앉습니다
또 한 잎이 또 다른 한 잎이
차곡차곡 곳간에 쌓입니다
저마다 한 잎이 하나 된 곳간

하얀 곳간 눈밭은
저마다가 만든 한밭입니다
한 잎이 내가 되고 또 한 잎이 네가 되는 날
새하얀 눈마당 우리입니다

한 잎의 눈(雪), 내 눈(眼)에 듭니다
금세 하얀 눈물로 고입니다
고여, 고여 흐릅니다

볼 골짝 여울져 흐르는 눈물
한 잎이 한 잎 되어서겠죠!?

한 잎이 한 잎 되어 된 눈마당
새하얗습니다
금산이 달아 놓은 밤 달
가로등 불빛 은설 보석
밤이라 더 시려 반짝입니다

하지만 한낮이 오면
옛 모습 그대로 자연
자연스런 자연일 겁니다
추한 모습 가린들
벗겨지면 그대로 추합니다

○ 바르게 삽시다. 잘 살펴서 '내' 여리지로
미소 진실한.

하루가 저물며
지는 해는 안녕합니다
안녕이란 찡한 빛
찡긋한 그 미소를
저 산이 쏙 삼키고
찡긋한 저 미소를
저 바다가 쑥 당깁니다
저 맑은 미소를
이 밤이 그렇게 데려갑니다

긴 밤 지난 동녘에는
안녕,
어둠 걷고 빼꼼히
해맑은 그 미소 쨍,
푸른 바다 헤집고는 안녕,
동녘 마루 끝에 쏙 내민 안녕,
안녕……
돌아옴이여, 안녕!

돌고 도는 바람개비

도는 무창 바람개비는
지가 도는 줄도 모르고 돌고
보는 나는 도는 줄 아네
돌고 도는 속, 아는 '나'?!

○ 잘 살펴 갑시다. 그리 잘 아는 '나'를
미소에는 막힘 없네.

잿빛 하늘에는 하얌이 살고 있나 봅니다
금방이라도 울컥할 것 같더니
하얀 잎새들이 나부낍니다

내 앞에 떨어질 양이던 잎새
흘러 흘러 저만치 내려 앉습니다
저 한 잎 예 떨어질듯 아질아질
또 그냥 저만치 마당가 작은 연못에 떨어져 앉습니다

작은 연못 떨어진 눈꽃잎 한 잎
눈꽃 하얌이 흔적 없이 맑은 물이 됩니다
연못이 됩니다
그냥 받습니다, 자연의 이치를 가타부타 없이……

하얀 눈 저리도 순박한데
난 내게 오라 마음짓 부립니다
어리석어 내 감정 이입하며
괴로움의 독안(獨眼)을 만듭니다
참다움 잊고 더러움 물들입니다

한 잎 날아 개똥 위에도 소똥 위에도
여기저기 날아 앉습니다
더럽다 피하지도 깨끗하다 찾지도 않습니다

아무런 생각 없이 개똥도, 소똥도 됩니다
되어 스밉니다, 한 줄기로……
한 줄기는 맑은 샘 되어 옵니다

개똥 녹이고 소똥 녹여서
침, 가래, 오줌 등등 녹아들어
푸른 바다 밑 높은 산 밑에서
한시도 쉼 없이 끓여 소독하고
맑은 샘 되어 퐁퐁 솟구칩니다

한 잎인 우린 우리입니다
나를 네가 먹고 너를 내가 삼킵니다
우린 우리입니다
우린 하나입니다

○ 잘 살펴 갑시다. 싸우지 말고 모두가 '난'데
미소 하얗게.

모두가 떠나간 차가운 밤
그 차가움이 별빛마저
파리하게 물들이는
섣달 갈무리 하는 이 밤에

별인 우리 벗님들이
포근히 비춰 오는 홍송 침상은 38도
따끈히 달궈진 침상에 앉아
하루 끝에 매달려 졸음 지우는 (-)!……

벗들과 마신 차는 초롱초롱하게
아마도 이 밤을 밝혀서
아침 햇살에게 가려는 심사일진데

우리 벗들이여
곱게 자려무나
우리 벗들이여
곤히 자려무나
시려 부는 바람결에
자장가 보내니

쌕쌕들 자려무나
우리 벗들
나는 바람 따른 자장가에
이 밤 밝히리니……

나무 관세음보살
나무 관세음보살
나무 아미타불

잘 챙겨 봅시다.
무엇이 이리 잘 아는지? 뭣이? 소소영영 아는지
미소 늘 한.

세밑
섣달 그믐
적막한 산사 뒤로
떠나려는 붉은 잔나비

철썩이는 파도
부딪쳐 이는 물보라가
높은 음에
겨워 우는 바닷가에

바닷가
몽돌 밀려오는 노래는
성난 파도가
방파제 넘는 소리

저 멀리
옥빛 물결 파도 일어
삼경 지나는데
붉은 닭 꼬끼오!
사경 머금고 새벽 인사

붉은 잔나비여 안녕히!
오는 이
가는 이 보내며 안녕!
가는 이
오는 이 맞으며 안녕!
우린 안녕, 안녕
늘 안녕!

O 잘 챙겨 봅시다. 소리 듣고 아는 '무엇'을
미소 언제나 。

아침이 왔다고
작은
암자 풍경은 바람 불러
뎅그렁 뎅그렁

바람결
신이 나서 횡횡하니 동분(東奔)
동네 꼬마들
어딜 갔기에 텅 비어
바람만 오가는지

오가는 바람결에
홀로 앉은 처마 끝
저 홀로 그리 홀로

그리 홀로라
찬바람 일어
잔잔히 거둬간 곳간

텅 비어

텅 비어, 텅 비어서
뱃가죽 등골에 붙여
훅 불어 날리는 날

텅 빈 날
없음을 지우며
지운 이 아침!

O 잘 살펴봅시다. 여울진 목……( )?!……
미소로 정유년을.

내 마음
한없이 깊고 깊어
생각으로는
알 수 없음인데
내 마음
깊고 깊어 파란 속
누가 알까!
마음 그 깊은 속을……

한 치 속
내 맘 나 홀로라
나만이 알까?
나만이 알려나?
오직 나만이 알려나!
음……
알 수 없다네
나 진정 알 수 없다네
내 마음 그 깊이를!?

다만 앞산 마주하고

이러히 앉으니
오가는 바람결
일 없는 무창 하늘
텅 빈 잔칫날
찬 법당 마루에는
늙은 중
비워 조는 꾸벅!?
알고 모르고
그저 꾸벅꾸벅 —!?

○ 잘 살펴 갑시다. 알 수 없음 아는 '나'를
미소 마음에.

?

무?……

왜?……?

???

⚫ 잘 챙겨 봅시다. 보고 그렇다고 아는 '무엇'

미소 ? ??

몸이란
원래 주인이 없다 하고
오온이란
본래 텅 빈 덩이라 하네

하루 같은
인생사란
가을 하늘 구름
구름 걷혀짐 같다 하고

나날이
그러함을 낱낱이 안다면
니르바나
여기 이곳에 있으리니
나
지금 여기에 탕탕히!

O 잘 살펴 갑시다. 여무는 날 올곧게!
미소로 미소

나고 죽음
초연한 내 님!

그 초연함이란
가을 하늘 뜬구름
내 님 초연함은
봄날 아지랑이
내 님 초연은
봄, 바람, 잎새
내 님
여름 넘어 가을 하늘
초연히 메고
창연히!

내 님 가는 길
새하얀 눈길!
새하얀 그 길에는
내 님 자국만
자국, 자국!
사뿐한 내 님

새하얌 자국 지워
초롱초롱하게!
내 님
내 님의 사랑
내 님이어라!

— !…… 나 여기에!?…… —

○ 잘 살펴봅시다. 머물지 않는 자국 낸 '나'
미소 2월

춥던 날
새해라 새해 맞이하던
후포 바닷가 모래 위에
한송뜰 우리들 강강술래
이어이어 맞잡은 손에는
따스함 스며 오고 스며 가던
정유년 새해 첫날 해맞이는
어느새 정월 지나
이월의 강 길목을 지납니다

겨울이란 이름에
절기는 저만치 물러서고
봄 맞을 준비하는 2월 2일
하룻밤 지나고 하루 지나는 0시 넘어서면
입춘이라 대길 하는 날
짧았던 햇살이 길게 기지개 켜고
긴 밤 몰아가는 입춘대길

따뜻한 햇살이 입춘대길
내 님 마음 고움이 입춘대길

내 님 길 한결같은 입춘대길
내 님 맘 항상함에 입춘대길

봄의 길
큰 상서로움이
봄의 길
크게 길상이
내 님 길은 실크로드
봄
봅니다. 내 님, 내 님을……
봄
봅니다. 여리지 내 님을……

⭘ 잘 살펴봅시다. 녹는 얼음장 밑 '나'를
미소 입춘대길.

먼 길 다녀왔습니다
겨울 지나는 아쉬운 그 길
한송뜰 모임 터
내 님 실크로드 닿은 곳

햇살이 동녘 산 넘어
내 님께 달음질쳐 올 때
구불구불 굽이진 길 지나
쭉 뻗은 곧은 길 달려
다다른 곳, 자 미 궁!

북극성 자미궁 비추니
칠원성군 북두칠성에
자미대사 이십팔숙
독수선정 실개눈 나반존자
선정삼매 굽어 살피는
산님들 봄맞이 새초롬한 이월 초이튿날

관세음 자비 빙긋한 미소로 관세음
아미타불 33천

33 하늘 구름 속 별 흐르니
흐르는 별 아티스트는
벽 끌어내 하늘 무대 만들어
비추는 빛 치성광
여래 노래 이십팔숙 얼쑤

얼쑤 이십팔숙 흥엔
33 하늘 세계 닐리리
날라리 풍악에 입춘대길
문 열고 오실 날 첫새벽
내 님 그곳에는 관세음 내 님
33천에는 꼬끼오! 하늘 여는 소리⋯⋯
내 님 모습 없음에 우뚝이
달려 돌아온 한송뜰
이월 초삼일 축시 삼십육 분
이러히 꼬끼오?⋯⋯ '예'!

○ 잘 챙겨 봅시다. 봄 문에 드는 '마음'?
미소 허허롭게

저녁나절 빈 뜰
동으로 서로 비워 비워진 공간
텅 빈 틈에 텅 빈 바위
홀로 앉아 좌선삼매

동녘 산그늘
서녘 산이 메운 건
틈 틈 생길까봐서
길게 늘인 서산 그늘 머리
초저녁 길 여정에
눈썹달 살며시 앉아
하얀 미소 짓는 저녁나절

텅 빔이 못내 아쉬워
구름 구름 우리 그린 선우
허허한 마음 우리 그린 선우
한바탕 한소리 한송뜰 울림
보운 탕탕 화답하는 안동
평화로움 날아 하얀 눈썹달에
우리 뜰 한송뜰 고운 우리님

아름다움 물들이는 꽃
아름다움 물드는 저녁나절
빼어난 미모란 옛 미소
옛 미소에는 하얀 무궁화
옛 미소에는 백련꽃 피는 날
이러히 하얀 꽃 그리는 날!
금빛 바다 노니는 취운
푸른 옥 품은 취연

○ 잘 살펴봅시다. 머묾 없는 그 자리 '내'
미소 그리는 날.

봄의 문을 열었기에
아침 공기가 상큼한 날
마음속까지 톡톡 상큼상큼
매일 매일 이러하소서!

매일 매일이 이러한 날들
마음, 마음들 이러하소서!

어제가 입춘절이라
연회색 옷 입은 산까치
한송뜰 배회합니다
스님 같은 회색옷 무리
꼭 스님새 같습니다
산까치도 여리지 그곳
그리 그리운가 봅니다
여리지란 나도 이리 그리운데!

햇살이 눈부심은
나를 여리지로 이끎이라
이리도 눈부심인가 봅니다

이리도 그리움에 여리지는
늘 저만치서 저만치서 나를 오라 합니다

입춘절 절 마당에는
스님 닮은 산까치 입춘대길
축하 축하 정유년 봄을
봄 보러
저리 절절한 날갯짓!
정유년에는 동시줄탁?!
정유년에는 동시줄탁?!
동시줄탁 정유년에는?!

O 잘 살펴봅시다. 피어나는 봄 보는 '나'
미소 맑은 ●

우린 흔들림 속에 있습니다
고요한 듯 흔들림 없는 듯하지만
살아있으매
살아있기에 움직입니다
고요란
고요하다 느끼기에
고요하다 합니다
늘 흔들림 속에
그 흔들림에 매이지 않음이
초연하다 고요하다 합니다
매 순간순간이
고요함에 이르도록
생각에 얽매이지 않는 우리
그런 우리로
함께함에 우리들인 것입니다
늘 고요에 이르도록
찰나 찰나를 잘 살핍시다
머물지 않는 생이기에……

미소 고요함에

뭘
그리 바삐 가는지
좀
천천히 가도 되련만
할 일 없어 빈둥거리는 마음
해거름에 여미는데

빈 하늘 가난해
반짝이는 별빛 가난
고개 들어
저 먼 무창재 홀로 넘는 님!

동무란 가난별
빈 집 홀로
찬바람 흘리는 심울
이 한밤
저 먼 무창……엔
소슬 소슬함!!

○ 잘 살펴봅시다. 늘 '무창'?
미소 늘.

초저녁 서산 넘는
한나절 나그네
기둥 없는 텅 빈 집에
돌아가는 발길에는
저 달이
꼬리 물고 쫓아오고
저 별이
머리 끝에 매달려
떼어 버리고 오기에는
발길이 못내…… 그래
데불고 왔더니!

한송뜰 마당가
떡하니 앉은 속삭임
어두운 밤
자장가 반짝임에
별빛 그런 소
달빛 참스런 소
금빛 바다 잠드는 삼경

난 홍송 침상에
야반삼경 뱃놀이
빈 배 젓는 이 홀로
동틀 녘 오라하지 않는데
저어 저어 가는 뱃놀이
정유년 정월은
상현 지나 보름 가는 배
구름 하나 푸른 건
마니보주 보배롭기 때문!
홀로 존귀한 '나'이기에!

O 잘 살펴 갑시다. 소소영영한 '내'!
미소 참스러운●

봄 한 자락
품에 안고 달려 봅니다
만들어진 길이라
잘 만들어 놓은 이정표라
거칠 것 없이 달립니다
잘 보여
시원스레 질주합니다

보는 눈
이어 보는 통한 눈
확연하여 아미타불 묻어오다
아미타불 다함없어
까만 어둠이 어스름에
어스름 새벽길을
여명 어스름 새벽 밟고
밝게 웃으며 오는 길
쭉 한길 봄의 길!

그 길
난 거침없이 달립니다

봄 한 자락 휘어잡고
곧아 빠른 길 시원스레
봄나들이 매화향 따릅니다
코끝에 묻어오는 매화향
겨울 춥지도 않았는데
이리 향기 날아 코끝에!
코끝에……
아미타불……

○ 잘 살펴봅시다. 두루한 아미타불 '내'
미소 ㅎ.

시샘
작렬인 요즘
바람이 떼로 몰려
휙휙 휙
구석구석 날아들어
봄 마당
난장판을 만듭니다

봄맞이 아이들
감기 콜록콜록한데
시샘 봄바람
그칠 기미 없는 듯이
휘몰고 모는
골목골목 대장질
휙휙 칼바람에 트는 살결

입춘 지난 봄 강물!
얼음 녹이는 봄 강물!
얼음 놀라 부서지고!
겨울 녹여 봄 바다로!

봄 강물
한송뜰 녹이는 봄맞이

얼다만 남은 망울들!
녹는 봄 땅속 뿌리들!
긴 겨울 마지막쯤은
그러려니……
그~러려니……
봄 길목에는 늘 한 시샘이……
봄은 단디단디 단도리
긴 겨울 넘는 여로 봄!?

잘 살펴 갑시다. 꽃샘추위에 얼지 않도록
미소 겨울 끝에.

음력 정월 보름
동안거 해제일입니다
마을에서는 정월 대보름
달맞이 행사로 바쁜 날
지난해 묵은 때 말끔히 씻어 내고
맑은 새로움 맞이하는 날
복과 덕 기리는 상서로운 날
정월대보름입니다

긴 겨울 자기 자신
내면을 향해 가는 여로
그 길에 길손인 우리들
그 우린 겨울 추위 굴함 없이
정진에 정진으로
진실에 들고자 노력했던 날들
그 묶음 푸는 동안거 해제일입니다

늘 홀로 가는 내 길
그 내 길에는 입제·해제란 없으련만
우린 한 해도 거르지 않고 입제·해제를 반복합니다

좀 더 홀로인 내게 다가갔는지
다시금 되새기며
다사다난이 거름이 되어
올해는 마무리 짓는 해이길
간절히 마음 모읍니다

한송뜰 식구들
모두모두 자기관리 잘하여
관세음 되시길
아미타불 되시길
둥근달 보며 기원합니다
모두여 행복하소서
모두여 마무리 지으소서

⚬ 잘 챙겨 갑시다. 어둠에 '나'를
미소의 길.

봄바람 시샘하는
이월 십이일 일요일
꽃망울 터트리다
움칫하여 살짝 얼고
얼음 먹은 얇은 잎이
까맣게 탔습니다
까맣게 타는 잎
그 속에는 타다만 속잎
봄 물결
학수고대합니다

봄 물결이 너울져 오면
봄밭엔 만물이 장날
봄밭엔 만상이 쏙쏙
고개 밀고 판 벌리는 봄날
봄빛에
아가들 고개 세우고
봄바람 일어
허리 곧게 세워 꼿꼿할 날
학수고대

긴 밤 지나 봄 여울 졸졸

개울가 얼음장 밑에 봄이

조약돌 고르며 넘는 소리

긴 겨울이여 바다로……

긴 겨울 봄 머리 놓지 않는

긴 겨울 — '이 뭣고?'

봄 물결 넘실넘실 저 산 넘어서

한송뜰 그린 그림들

한 송 뜰에는

&봄……(   )?!

○ 잘 살펴 갑시다. 겨울 가는 길목에 '나'를
미소 꽃샘.

봄이라
여기저기서 깨어납니다
산비탈 양지 녘에는
해맑은 미소 노란 양지꽃
담장에 기대선 매화
연분홍 머금어 어여쁜
봄날 오후
한달음은 깨어난 님께!

노란 사랑이
연분홍 봉우리에
활짝 핀 봄날이
이내 가슴에 피어납니다
올망졸망 움터
이내 가슴속에
봄물인
연분홍 물듭니다
봄물
설레임에 움틉니다

여리지 향한 첫걸음
봄밭에 관세음 심습니다

관 : 옳고 바르게 봄이여
세 : 끝없이 넓은 뜰(세상)
음 : 옳고 바르게 듣는 이여
이러하여
보살 : 보살피는 님, 내 님
내 님은 관세음이시어라!
늘 한 관세음
내 님은 늘 한 관세음보살!
우린 늘 한 관세음보살

○ 잘 살펴 갑시다. 확연한 '내' 관세음
미소 바름에 .

~^^~(   )……~^^~!

⭕ 잘 챙겨 갑시다. 그러함에 '나'
미소 흐름에 .

음력 정월 열아흐레
해제란 길 걸을
우리 길벗들

뜰인
들길, 산길, 물길
굽이굽이 돌아
돌고 돌아드는 길!

우린
그리
헤매 도는 뭐꼬 길?!
뭐꼬!?
뭐꼬로
'뭐꼬로'를 그리 돕니다

돌고 도는 이 뭣고?!!

O 잘 살펴 갑시다. 나의 길, 나만의 길!
미소 지으며.

인사동 옛길
밟고 밟아 돌아드는 모퉁이
옛 걸음
터벅터벅 터벅이……
터벅이 그 길 옛 님들과
돌아 돌아드는 인사동 끝
가로등 불빛 저렇게 서 있고
신호등은 걸음
저 하늘에 걸어 놓는 빨감
어서 오라 길 건너 견지에서는 손짓!

초저녁 어스름 밤
인사동 길머리에서는
견지에 이르려는 옛 님들 우뚝 바보
초저녁 샛별 반짝이는 견지 하늘
인사동 넘어 어서 오라
견지 손짓은! 어서어서……

반짝이는 견지 하늘
샛별이 초저녁 밝히며

길 어두운 '나' 어서 가자고
이른 새벽 본지풍광
초저녁 안고 본지풍광
반짝이는 별, 샛별
새벽 샛별 본지풍광
한 하늘 반짝반짝 홀로
초저녁 샛별이란
첫닭 우는 축시 지나면
샛별
샛별이라 불리네!?

O 잘 살펴 갑시다. 홀로 '견지' 홀로
미소 늘.

바람이 몹시 붑니다
모두들 힘겨워 아우성
뒤뜰 신우대
바람 버거워 울고
처마 끝 풍경은
신경 곤두선 울림
도솔산
골바람에 토해 내는 신음

얼마나
강하게 키우려고
얼마나
예쁘게 피우려고
얼마나……
저리
야멸차게 몰아치나!

밤새운
바람 소리 목청 잠긴 새벽
이— 은

알까?

모를까?!

'나'

찾는 심우도 벽에 앉아

부는 바람 아랑곳하지 않는

그저

늘 '나' 찾아 하늘에!

허공계 다하는 날에는?……

아!

참! 참! 참?!

⭕ 잘 챙겨 갑시다. 머무는 바 없는 길 '나'
미소 바람에도.

소소영영이라고
예전 사람들이 말했습니다
예전 사람 소소영영했기에
소소영영 말씀하셨겠죠

말을 떠난 그 자리
글을 떠난 그 자리
행동을 떠난 그 자리
그 자리가 소소영영?!……

맑고 맑아 신령하고 신령함은
신령스럽다 말을 여원……" "
이렇게 이러해
그렇고 그러해서 여읜……" "

지금 바로 여기
지금 바로 여기에
지금 바로 여기를!

○ 잘 살펴 갑시다. 머묾 없는 길 '내 길을'
미소 미소로

소리 없이
흐르는 세월은
이월 중순
이른 매화
꽃망울 터트려
봄
봄이라 일러 주는
바람
옷깃에 스밈이
한겨울보다 찬 봄
삼월도
흘깃 넘겨 보는 날
날
날!……

○ 잘 살펴봅시다. 흔들림 없는 내 안에 '나'
미소 향기롭게

그리움에, 그리움에 이끌려 이끌려서
흘러든 속리
속리 속리를 이어온 속리
그리운 그리움에 내 님은 지긋이
해 가리운 흰 구름 목련 망울에
엷은 미소 짓습니다

그리운 그리움에
내 님은 노란 국화차 노람에 들고
따뜻한 님의 향기는
가슴에 저며 저며 흐릅니다

님이시여
님이시여
그리움의 내 님이시여
미륵 세계 그리며 미소로 오실 님
평화로워 아름다운 세상
그때는, 그리움은 어디에!……

○ 잘 챙겨 갑시다. 미륵 세계라 '아는' 님
미소 속리.

봄바람 일어 사알살한 날
그려 그린 님, 옛 님
옛 님 만나 회포 푸니
맑은 눈엔 푸른 물 고여 고여 뚝

돌고 돈 세월 고단한 날들
님 그린 세월 힘겨운 날들
꼭 한 길 염원함에 겨워겨워 겨워 온 길
옛 님 자국 오늘 멎어

멍한
한한한
맴돌아 한 허공
한 하늘 틈 없음이여
틈 없음은 옛 님들
틈 없어 한 허공이라
한 허공, 한 하늘
한! 한! 한!?

O 잘 살펴 갑시다. 한 한 한 아는 '나'
미소 하늘에

봄
길이 춥습니다
어설퍼 어설프게
길 걸어 다다른 곳
평화로워
고요한 아름다움
흘러 흘러든 법주사

법주사 다원에는
노란 국화 송이송이
모아 모은 손 관세음
천수여라
천수라 이 봄 맞은 날

가을날 샛노람을
이월 스무이틀 오늘
크리스털 차전에선
맑은 따뜻한 물을 만나
곱디곱게 핍니다

노란 향

다원 날아 속리산

가득 메워

높은 관음봉 이룹니다

나무(내게로)

관세음(바로 본 바로 듣는)

보살(모두를 보살필 수 있는)

나무 관세음보살

○ 잘 살펴봅시다. 천수천안 '내' 관세음
미소 차향 따뜻한.

내
주름져 가는
그 세월의 모퉁이
봄
산모롱이
아롱지며 피어 돌아
산모롱이에 쉬어 서면
옛일은 모퉁이 뒤에
산모롱이 돌아서는 뒷일
한끝에
매인 대롱엔 어제 내일이
오늘에
흔들려 넘나드는 지금!

봄
돌아든 한송뜰
봄
홀로 핀 꽃이어라
봄
홀로, 홀로 그리 핀 꽃

홀로 핀 꽃

세월 모퉁이에는……

'봄?!……'

O 잘 살펴 갑시다. 살핌 아는 '나'를

미소 − 0 −

실바람에 매달린 풍경
실바람 끈도 없는데
풍경 꽁꽁 묶어서
불어 불면 땡그랑
불어 불면 뎅그렁 뎅그렁
실바람에 매달려 짖는 풍경
끈 없는데 바람이 불면
어김없이 불려 가 뎅그렁

난 처마 끝 차마 못 보고
처마 밑 댓돌에
실눈 뜨고 앉아 삼매놀이
실개눈에는 내 님 하염없는 기다림
저…… 먼
산자락 여울 따르고
여울 자락에는 흰 구름만!

흰 구름 일 없어 이리저리
흐름 없는 흐름은 부질없고
난 부질없이

그리운 내 님만
하염없이 기다리는 —!

실바람에 달린 풍경 짓는 그리움
실바람에 달린 풍경 노란 절절함
저 먼 산 여울 저 하늘 닿는 허허로움
바다 한 하늘
하늘 파란 한 바다
푸르러 하 하한 날!
푸르러 창 창한 날!
— ……! 이여라!
날!
날들이여…… '돌!?'

O 잘 살펴 갑시다. 부질없다 아는 '나' 님
미소 풍경.

빈방에는 홀로 앉은 차탁이 졸고
저 달은 한걸음에
홀로 조는 까만 밤을
환, 환!…… '환!'

차탁 졸며 흘린 침 자국
달빛 하얗게 씻기고
홀로 찻잔 내 님 부르는
저 홀로 차전엔 맑은 홍차
우려 우려 찾는 차시
한가로운 초저녁 초경이네

홀로들 그리 홀로인데
뒷 뜰 대숲엔 잎새들이
잎새, 잎새, 잎새라 하고
푸르러 푸른 잎 청초히
흩날려 잎새 이는 달빛

홀로 차 한 잔에 잎새 띄워
홀로 차 한 잔에 달빛 가르며

홀로 차 한 잔에 은하수 넘는
홀로 차 한 잔에 니르바나
홀로 차 한 잔에 나 여기!
홀로 차 한 잔에 영원불멸
난
나무 아미타불
우린
나무 아미타불

○ 잘 챙겨 갑시다. 이렇게 소소영영한 '나'
미소 환하게 ．

묻어나는 세월 속
후 불어 불면
저만치 날아가는 날들

그날들이야
분들 날아가리오
잡은들 잡히리오

그날들이야
그렇다 해도
난 어떠한가?

과거를 붙잡고
미래를 땅기며
오늘을 헤매 도는……

이날들
이렇게 뿌염
이렇게 어지럽네

내
내 님들이여
홀로 길 뚜렷이

내 길 오롯이
내 님 길 그렇게
내 님과 안녕 해후!

O 잘 챙겨서 갑시다. 머물지 않는 길 '내'
미소 초하루.

머물지 않는 세월
멈출 수 없는 세월
멈춰지지 않는 세월
멈춤이란!…… ── !?

말을 여읜 그 자리
구름 떠난 그 자리
말 여읨 없는 그 자리
그 자리 늘 그러하네!

모양이라 돌고 도는 속
모양 따라 굴려 가네
너럭바위 오가는 이 초연
작은 암자 오가는 이 초연
그리 초연히 묵묵이라
말 없는 그 속 탕 탕이라
그리 오가매 늘 그러하게
무창골은 고요적적인데

부질없는 내 님 찾는 '나'

부질없이 그리 오가는 속
어제가 이랬으니
오늘이 이러하네
내일도 이랬으니 이러하리!

멈춤 없는 시간
멈출 수 없는 시간
시간 위 홀로 한 님들
모양 모양이라 향연이네!

모양, 모양 나,들이
모양, 모양 우리 뜰
나,들 나,들이 모인 뜰
우린 우리 한송뜰!?

○ 잘 살펴 갑시다. 모양, 모양 아는 '내'
미소 멈춤 없는 。

언 땅
녹이고 온 봄
봄
들녘에는
뾰족이 뾰족뾰족
여리여리 뾰족이 오네!

봄
녹인 봄
봄
들 양지 녘에는
아질아질 아몰아몰
아지랑이 뜰 아지랑이 봄

봄
한송뜰에는
뾰족뾰족 아른아른 저마다 움틉니다
남도 자락 남해 머금고
한 잎 한 잎 여리한 님 꽃

봄
한송뜰 햇살
엄마 품속 아가들 고이고이 품은 한송뜰
지금
한송뜰에는 새로움이, 새초롬

지금
한송뜰에는 새로운 첫 새학기
밝은 햇살 따사로운 축하
맑은 하늘 파란, 맑은 축하
예서 제서 축하 축하하는
아가들 한송뜰에 솟는 '봄'

〇 잘 살펴 갑시다. 솟고 피는 속 '내'
미소 이월 그믐에.

3장

불기 2561년 🍃 봄

바람이 분다
긴 겨울 버텨 피운 꽃
가지 흔들어 흔들리니
바람에 겨운 꽃 이파리가
한 잎 두 잎 날다 떨어지고
해는 저물어 노을 피니
붉어져 꽃피는 사월 하순

가지가지 삶을 틔우고
숲 사이사이는 새들이 날며
봄 한나절 이야기는 삶의 노래
너의 삶
나의 삶
우리들 삶이 솟아나는 사월
하나 하나가 모여진 우리 뜰
우리들은 큰 하나인 한 몸

이월 그믐을 보낸
오늘은 삼월 초하루
기미년을 기념하는 날!

낸
내를 기념하는 날
가없는 세월 독립 부르던
낸
내를 기념하는 날

삼월 초하루
아침 공양 받습니다
정갈한 진수성찬이
내 기다립니다

다소곳이
정갈함이 님 부르는
이 봄 3월 1일 자유기념일

진수성찬에 콧노래, 무소의 뿔처럼……

내 길 오롯한 내 길 '내'만이!

3월 1일
수 없는 나날 대한민국
자유 찾아 부르짖던 날!
각각의 자유 기념하는 날!

대자유!
홀로 자유!
영원의 자유!
자유 우리 한송뜰 자유!

O 잘 살펴 갑시다. 자유로운 내 길 '내'
미소 자유에

봄
삼월의 하늘 따르고
봄비
삼월 대지 촉촉이 적시는
삼월 초이틀

아침 바람은
이슬비에 젖어 고요한데
언 땅 뚫는 산고에는
아지(兒枝), 아기 아지들
여리여리 태어나는 아침

삼월 길 길섶에는 묵은 숲 얘기들
여기저기 봄 이야기들
한송뜰 봄알이들 숨소리

한송뜰 묵은 겨울 봄 바다 동해에
한송뜰 햇봄 맞아오는 이들
끙끙 산고 뚫고 오는 삼월

내
내 님들
산고쯤은 봄 소풍
내
내 님 마중 허허로운 날

내
내 님이여 안녕
안녕,
내 님이여! 안녕
안녕한 이 아침에!

O 잘 살펴봅니다. 묵음 뚫어 오는 '내' 님
미소 봄맞이.

3월 3일
내 애마 잔등에 새하얗게
야반삼경
하얀 실안개 잠들어 고요
살며시
애마 잔등에 앉은 삼매
새벽 열고 나오니
까만 애마
실안개 하얗게 앉은 삼매

낸
춥다
따뜻한 이불 이별하고
법당 뜰
오가는 속
이 아침
찬바람
상고대 흩날리며
밝음 마중하는 동쪽!

삼월 봄날

꽃샘 내는 차가움

차가움

살짝 얼려 얼음 땡

멈춰 선 삼매

삼매 흔드는 시간

이 새벽

얼어 차지만

언 얼음 차가움 모르네!

그냥 ——— !?……

O 잘 살펴 갑시다. 얼어 멈춤 없는 '나'
미소 꽃샘의 .

딱
한 번인 이번 생
딱
한 번인 인생길
딱
한 번이라 돌릴 길 없네
딱
한 번이라 되돌아 갈 수 없네

외길, 쭉 한길
이 외길 연습도 없고
외길에는 쉼조차 없는데
어리석은 난
멍청 멍청 맴돌아 가네

멍청한 난 오늘 길에 어제로 답습
어제 행위는 어제 따라
어제라는 과거가 되어
되돌릴 수 없는데
멍청한 통에 갇혀 맴맴!

오늘은 새로운 날인데

어리석은 어제 일에 복습

어제 끝 물고 온 오늘

오늘 끝에 맺힌 내일인데

매 순간이 새로운 길

찰나 찰나가 새로움이네!

딱

한길

딱

한 번 가는 길

딱

한 번이기에

꼭

내 님 모셔 가소서!

O 잘 살펴봅시다. 딱 한 번 길에 '내'
미소 한 번 길에는.

봄
꽃
노란 꽃
복수초

봄
새하얀 눈에
노란 꽃
눈새기꽃

봄
눈 속에
노랗게 핀
얼음새꽃

노란 꽃
복수초
양지골 노랗게
잎새 묻어 두고 활짝
꽃피어 잎새 오기만

꽃잎 떨어질 때
잎새 자라는 복수초

겨울 지나
봄
봄이라네!
어름새꽃 핀 봄!
봄이라네!
'봄'!

◯ 잘 챙겨서 봅시다. 복수초 복수초라 아는 '나'
미소 노란.

봄 동산에 올라서니
산 너머 저 먼 무창골
버들에 핀 강아지들
뽀송뽀송 점, 점 찍어
봄 개울가 도란 노래

봄
버들피리 만들어
새하얀 목우에 올라 앉아
유유한 봄 노랫가락 삘리리삘리리

어느새
옛 고향집 마당가
옛 고향집 굴뚝에는!
부뚜막 가마솥에는!
예 돌아 돌아든 날
예스러움이 이러한 날!

〇 잘 살펴봅시다. 구멍 없는 피리?!
미소 피리 봄.

아메리카노, 내 아메리카노
조용히 내리는 빗줄기
내리는 빗줄기 젖은
작은 언덕 카페…… '내'!?

봄 실비 사뿐히 내려앉음에
두 어깨는 촉촉이 봄 오고
이리 고운 비 이리 촉촉이 밝아 오는데

까페에는 음악이 젖고
젖어 흐르는 음악은
흔적도 없이 고요히 작은 까페 어리어
봄비 젖는 아메리카노……

아메리카노 그 향기 담아 님에게
날아 날아갑니다
아메리카노 그 쌉싸름함
빈 하늘가 내 님에게!

○ 잘 살펴 갑시다. 봄 하늘 봄 아는 '내'
미소 날리며.

3월 8일 수요일
맑은 햇살이 안겨 오는 아침입니다
햇살은 봄 아이들 감싸 안아 오는데
심통 난 바람 휘이 휘이!

해맑은 햇살 사이를
하얀 꽃 날아 납니다
새하얀 찔레꽃인 양
파란 저 하늘 가득히
하늘하늘 하늘 납니다
새하얀 잎 눈꽃 잎이!

삼월 봄 하늘을
하늘 하늘하늘 하염없이 오갑니다
찔레꽃 닮은 하얀 잎
새하얀 꽃잎 나풀거리며
염화시중에 염화미소로
삼월 '봄'
하늘 허공 한 하늘에
영산회상 그립니다

오고 감이 없는 속
하얗게 날아듭니다
날아날아 염화시중
날아든 염화미소로
내 님께 안녕한 미소
그저 미소만
그저 미소에 미소만
염화시중엔 염화미소가 흐릅니다
하얀 눈 꽃잎 날아
염화미소 짓는 날!?

◯ 잘 살펴봅시다. 염화미소 아는 '내'
미소에는 염화.

바람이 얼음을 머금고 왔는지
겨울 그 여운 바람이 되었는지
새벽별 찬바람에 시려 반짝반짝

반짝 추워 초롱초롱 초롱
3월 초순 시린 새벽하늘
홀로들 빛나는 여운에는
초롱초롱한 자애로운 미소
초롱초롱한 눈망울 자애로움
새벽하늘 반짝여
이 마음속 저려 옵니다

새벽별 이 마음 저려 오면 저 먼동이
저 먼동이 새벽별 내 님 품어 갑니다
까맣게 어두운 밤
그 까맘 속에 밤 새운 샛별
까만 밤 그리 지새웠기에 새벽하늘 샛별

긴 밤 어두운 밤
넘어 넘어 서니 샛별

내, 긴 밤

내, 긴 어둠

긴 밤

어둠 넘은 여리지에는

내 님은 늘!?

늘······ 이러히!?

O 잘 살펴 갑시다. 샛별이라고 아는 '내'

미소 샛별 ●

초(初) 길!
천 리 길
만 리 길이나 되는지
낸 초길에
내 님 이리 기다리는데
내 님
내게 오는 길 잊었는지
멀어 먼 길 어둠 속 헤매는지!

초길
오늘도 이렇게
매정히 가버리는데
내 님 _( )_
기미조차……
소식 없는 기다림은 하염없고
애써 초길 오늘 애잔히……

낸!
내 님
초길에 기다림 오매불망

까맣게 태우는 속절
속절
속절도 모르는 속절
속절 없으니
애만 까맣게 까만 속절
속절도
그리 까맣게 물든 초길!

낸
내 님 기다리는 마음
까맣게 까만 숯덩이
까맘 속 뚫고 오실 님
해후하여 이를 곳
여리지, 내 뜰……
'봄' 어느 초길에!

○ 잘 살펴 갑시다. 내 님(나) 기다리는 '나'
미소 여리지

삼월 하늘 저 먼발치
저 끝에 하늘 그려 봅니다
입춘을 보내고
경칩을 보내고
춘분은 오는 길
계절 한 치 오차 없이
묵연히 그리 가며 오는 날
봄 한 입 머금는 ( )?……? "!"

가고 오는 길
쭉 한길 내 길에는
신작로 오솔길 등산길
하산 길 골목길이 오리무중인 마음 길
마음 길 밟아 가노라면 하늘 저만치 엿보는!?

엿보인 나들 엿본 저 하늘(허공)에는
새하얀 덕운이 핍니다
만공에 한 하늘 가득
푸른 하늘에 피어 피는 속
하하한 날 이리 멋스러운 날

여여한 일여(一如) 속
우리들은 본연이라네!

선연하게 그리 펼쳐진 우리 뜰
찰나 찰나가 묘각이라
보륜 구름, 구름, 법구름
우리 뜰 한송뜰 한 하늘
한결같은 관세음, 정취
늘 피어 피는 무공이라
늘 이러히 만허한 날에는
바름에 이른 이름, 정각
항일한 날, 날, 날들이여
늘 이러한 날들!?
낸(우리)
대자대비 관세음보살!

◯ 잘 살펴 갑니다. 소소영영한 '나'를
미소 해맑은 ●

오늘은
2월 보름 열반재일
한길
한길로 이어진 우리 길
그 한길
오롯이 이어진 우리 길
우리 길
그 길에는 언제나 홀로
홀로라
쭉 한길 이어진 우리들

길섶에는
곱게 솟아나는 나들
길섶에는
아름답게 피어나는 나들
길섶에는
멋짐에 멋스러운 나들
길섶에는
겹게, 겹게 온 길섶 나들
길섶인

나들 모여 모여 가는 길
길섶인
나들 모여모여 여리지길
길섶인
나들 바른 오름에 여리지길

여리지!
우리가 끝내 이루어내는 '지(智)'

○ 잘 챙겨 갑시다. 이룰 여리지길의 '나'
미소 반열반.

봄 뜰 다투어
비집고 나오는 님들
하루 잘 살아보길 염원!
한 달 잘 살아보길 염원!
한철 잘 살아보길 염원!
한 해 잘 살아보길 염원!
한 갑자 잘 살아보길 염원!
염원의 날들에……( )!

꼭 한길 있음을 아는 이
꼭 한길 모르며 가는 님
꼭 한길 그 길에 우리인데
차이는 천차만별!?……
내 길엔 나만?!……
꼭 한길 아는 나만!?……
내 길
꼭 한길 홀로 길 '난'!!

찰나의 순간을!
틈 틈인 한 틈을!

한 틈 휘어잡는 홀로 길!
홀로 길에는 늘 한마음
마음 한길 내 길 늘이라!
늘 한 나는 늘 한송인!
한송뜰 한송인 홀로 우뚝
홀로 홀로라 '우리'라네!

O 잘 살펴 갑시다. 가시밭길을 아는 '나'
미소 마이웨이.

봄
하늘 바라보며 새싹
움터 쑥쑥 고갯짓!
여름
가을, 겨울 머금은 '봄'
봄 길목 움트는 님들
우주영기 다 받아 웅축 새싹들
그 고운 새싹 이내
현재님께 공양물로
결 고운 미래불 되려고!?
이 한 몸 기꺼이 공양을?!

긴 겨울 그리 버틴 님들
비록 자라서 풀이 될지라도
소중한 내 한 조각이니
먹을 만큼만 감사히!
여린 님 약 되어 내 한 몸!
여리지길 약 될 수 있게
채취는 약으로만 아주 조금만!!!

늘 한 사랑 늘 우리들께
늘 한 몸인 우리들께
지극한 사랑 보냅니다
내가 네가 되고
네가 내가 되는 한송뜰 마음
한송뜰 아기들 홀로 존귀
약이 되고
약사불 되게 하소서
우리들 한가족 한송뜰
약사불 되게 하소서!

○ 잘 살펴 갑니다. 이리 영롱한 '나'
미소 약사불.

내리는 빗줄기에
선율이 느껴지는 밤
빗줄기 뚫고 어디선가
들려오는 소리는 부엉

한 줄기 줄기 속에 스며져
홀로 부엉이 친구 부름이
어두운 밤 귓전을 울리는
'봄'비 내린 한밤

이 한밤 어스름 밟고
다가오는 부엉이 소리
애끓게 밤길 지나가는
'봄'비 내린 야반삼경

한밤을 넘어서 빗줄기
걷어서 저만치 보내고
어스름 하얀 밤 하얗게
비춰 오는 축시, 꼬끼오

활갯짓 축시라 꼬끼오
자연스러운 축시 향연은
예전에는 그랬네, 마을마다
꼬끼오! 어둠 연 첫새벽

비 그친 하늘가 계수나무
계수나무 심은 님 누군가
동그란 하얀 달 무심히
계수나무 품어 품는 달

이월 보름 지난 열이레 밤
'봄' 달빛 비춰 오는 밤
저 멀리서 부엉이 친구 찾는
부엉부엉 부르는 소리!

O 잘 살펴 갑시다. 빗속에 부엉이 소리 듣는 '나'
미소 달빛 ●

미소로 맞이하는 이 아침
왠지 상큼상큼합니다
맑은 공기 한 모금에
청정한 '내' 세상이 펼쳐져
두 눈에는 아름다운 세상이
두 코에는 향긋함이
두 귀에는 가릉빈가 음률이
연꽃잎에는 영롱한 이슬이!
고운 살결에는 결 고운 바람이
생각 생각 밝음이 아미타불!

미소로 맞이한 이날
이러히 맑은 세상
이러히 아름다운 세상
이러히 향기로운 세상
이러히 하늘한 음향
이러히 영롱한 자금광
이러히 젖어 오는 결바람
이러히 생각 생각 아미타불
이 아침 미소로 맞은 이

환! 환! 환! 이어라!

늘,
이러한 날
이러히 늘 그런 날
늘, 그러한 날들이여
아미타불 그러한 나날

○ 잘 챙겨 갑시다. 이러히 아는 '나'
미소 상큼상큼.

내 젊은 날들이여!
젊음이란 크나큰 자산
나 젊었으매 무언들 못하랴
나 젊었으니 무엇이 두려우랴
나 이리 건장하니 뭔들!?

나 꾀 많음에 빈곤이
나 나태함에는 빈곤이
나 무기력함에는 빈곤이……

이 한 몸 아낀들 늙어지면 소멸
이 한 몸 아낀들 늙어지면 추함
이 한 몸 예쁘게 가꾼들 늙어지면 소멸

나란 바람 앞에 등불 같은 것
나란 폭우 앞에 먼지 같은 것
내 몸이란 햇볕 앞에 눈 같은 것

지금 이 순간이 제일 건강한 때
지금 이 순간이 제일 왕성기

지금 이 순간 남 아닌 내게 의지!

남 의지는 빚지는 일
남 의지는 자기 쇠퇴의 길
남 의지는 큰 바위에 눌린 것

자신에게 의지하고
자신을 사랑하며
자기의 홀로 길
자기의 영원한 길
스스로 지혜롭게!!!

O 잘 살펴 삽시다. 영원한 자신 아는 '내'
미소 자신에게.

아무것도 없어 보였던 들판
봄 오니 온갖 생명들이
다 알 수 없는 이름의 새싹들
들판 뾰족뾰족 뚫고 나와
푸릇푸릇한 세상 만듭니다

아무것도 보이지 않는 내 맘
그저 쉴 새 없이 뾰족뾰족
이것을 보면 이렇게 일어나고
저것을 보면 저렇게 일어나고
속절없는 내 세상 만듭니다

이 소리 들으면 이렇게 끄달리고
저 소리 들으면 저렇게 끄달리고
이 말 저 말 쉴 새 없이 말합니다
옳은 말인지 그른 말인지 모르고
자기 생각 따라 그저 마구마구……
봄 들판 온갖 풀들이 올라오듯……
그저 마구마구…… 쉴 새 없는…… 속절!

봄 들판 독초 잡초 약초들이
성품 머금고 태어납니다
독초는 독초인 줄 모르고
약초 또한 약초인 줄 모르고
잡초 또한 잡초인 줄 모른 채
봄이라 너도나도 태어납니다

잘 봅시다. 독초, 약초, 잡초
잘 듣습니다. 독설, 정(正)말, 이 말, 저 말!
잘 보고 듣고 잘 말합시다
독초 같은 편견, 아부에 속지 말고
잘 다스립니다, 독초 같은 '나'

○ 잘 살펴 갑시다. 온갖 유혹, 순혹(順惑) 아는 '나'
미소 약처럼 ●

독초, 약초, 잡초
어우러지니 화엄경

화엄경 한 품에는 독초, 잡초, 약초
한 품 떼다 한 항아리 담고

화엄 한 품
독초, 잡초, 약초
백일 한 항아리 깨니

독초, 잡초, 약초
대방광불 화엄경

한 품, 한 품 조도품
품품이 한 알 한 알 화엄경

화엄 바다 구름 하얗게 피는
대방광불 화엄은 '나'!?

○ 잘 살펴서 갑시다. 화엄 아는 '나'를
미소 화엄.

늘 한 그리움은

봄 하늘 높이 날고

늘 한 나는

봄 하늘 아지랑이

늘 함

이리 뚜렷한데

늘 함

이리 창창한데

애꿎은

말들 봄 하늘 먹구름

애꿎은

소린 봄 하늘 꽃비

봄

봄이여 꽃피고 새우는 날

봄

향기 저어 무창……

어허라!

무창, 무창…… '봄'!

O 잘 챙겨 갑시다. 머뭇거림 없는 '나'

미소 미소로

밤새 소리 아련히
하얀 달빛 따라 내게 옵니다
앞산 도솔봉 소나무 가지에 앉아
내 방문 열어 주지 않았는데도
내 가슴 파고 들어 뒤돌아 드는 옛!……

밤새 소리에 하얀 달빛은 푸른 연꽃 되고
빛바랜 쪽빛 밤, 파도 어스름 일어 이는데
보타락가산 밤 기슭 부서지는 백의보라
부서진 푸른 물결 미진수 법화

밤새 소리
울리어 울려오는 메아리
밤하늘이 하얗게 내려 거니는 밤
나도 하얗게 내려 거니는 한송뜰
밤새 소리 님 그린 그리움 저리 애절!

내도 아는 '내' 님 그려 이리저리
잠도 밤새 소리 따라나서 깊은 밤
은완리 상설에

운무 도솔봉 넘어오는 바람
밤은 깊어 가는데
은완리 상설 이어이어 여기!

나는
'내' 몹시 그리운 '봄'밤!
봄밤 그늘에 앉은 하얀 달
내 님 그리는 그리움에
하얗게 멍드는 달빛 풍경
처마 끝 풍경, 풍경 소리
바람 머금은 입엔 뎅그렁!……
'봄'밤 깊어 축시…… 오늘'!'

O 잘 살펴 갑시다.
미소 머물지 않게

노사나가
완성인 소멸을 향하니
간간이 빼먹고 건너뛰고 보내고 옴에
한가한 '나'

그래도 깜박이는 작은 잊음에는
그저 웃음이
노사나(몸) 흩어질 때는
아마 까맣게 모를 텐데!?!

하루하루
시간 시간
순간순간이
찰나에 뚝……!!? '이'
완성이려나?! 아마도(?)

노사나가
쭈글쭈글 주름져 가는데
뭔 고민을 그리 먹이는지!
쭈글쭈글함이 다하면 어디로?

비로자나는 또 어디로?

나는 어디로?
몸은 어디로?
맘은 또 어디로 헤맬까?
'나는' 어디서 무엇이?……
'나' 여여부동(如如不動)이려나!

노사나
마무리 향하는 날
비로자나에 푸넘하며
하하,
호호, 여여한 날에!

◯ 잘 챙겨 갑시다. 머물지 않는 '나'
미소 지은 날.

참!
그러한 날
예 돌아온 님
해후!⋯⋯

참!
이러히 기쁜 날
예 이어온 님
해후!⋯⋯

참!
참!
참이라 참 좋은 날

참인 '나'
참인 내게
참인 내 님에게만!?

○ 잘 살펴 갑시다. 진정한 나라고 아는 '나'
미소 옛 님.

항상한 걸음인데
느리지도 빠르지도 않은
정확한 궤도인데
한송뜰은 그대로인데

우린 뭐가 그리 바쁜지
우린 뭘 그리 서두르는지
우린 왜 나와 남을 가르며
싸움투성이로 가는지

너와 내가 하나로 이어진
하나임을 아는 날 미래인데
결국에는 알고 말건데!……

왜 이리 아귀다툼으로 사는지
자기만의 허공은 있을 수 없는데
허공은 개인 등기필증이 없는데
그냥 우리는 우리일 뿐인데
왜?
이해타산으로 힘 겨루기할까!

그냥 빈손으로 왔다
빈손으로 가면 좋으련만
업을 안고 왔다
업장을 업고 가는
인생길 같까!?

그냥 빈손(무심)으로 왔다
그냥 빈손(무심)으로 가고
그리들 오고 가는 무창이면
삶이 여유롭고 편할 텐데!

온갖 근심 걱정으로 살며
남이라 여기며 짓밟으며
온갖 횡포의 업덩어리인
빚지는 윤회 고리를 잡을까
그냥 아름답게 어우러지며
평화로운 삶 살다 가면 될 걸⋯⋯⋯⋯

그리 살다가지
우린 한송뜰 한덩이인데

무지에서 벗어나
무지에 이르는 삶이면
한송뜰 우린데!!……

O 잘 살펴 삽시다.
남'남이 아니라 우리란 걸 소소영영히 아는 '나'
미소 우리 .

삼월 길
걸음 분주히
봄바람 타고 날아
하순인 이십오일 걸음 길

늘
걷고 있는 길
그
길에는 길이 없습니다
보이지 않습니다

두 눈 뜨고 저 멀리
아득히 바라보나
아무리 바라봐도
보이질 않습니다

어디로 가는 나인지?
어디 메가 거기인지?
어디 메가 '!'……( )인지!
삼월 하늘가 바라보며

그리움에 그리움짚니다

말을 여읜 그 자리
눈을 여읜 그 자리
귀를 여읜 그 자리
육문 여읜 그 자리
그 여읜 그 자리……( )!……

봄바람같이
쏜살같이 날아간
삼월 끄트머리 밝고
하염없는 하염없음을……
차 한 잔 태워 한 모금!

○ 잘 살펴 갑시다. 멈추지 않는 '나'를
미소 그저 .

밝은 님!
어둠에서 태어나
하루 종일 종종종
무얼 그리 바삐
한시도 쉼 없던 님
밝은 님!……

밝은 님 등 뒤
한낮 동안 쿨쿨한
낮잠꾸러기 어둠
어스름 타고 온 어둠
어둠 속에 묻힌 밝음
어둠 속 쿨쿨하는 밝음

어둠엔 밝음이
낮달 되어 맴맴
밝음엔 어둠이
낮달 되어 맴맴
맴맴 반달 되는 밤!?
맴맴 반달 되는 낮?!

하얀 달 푸른 하늘에
밝은 해 어두운 하늘 속
숨어 숨는 숨바꼭질!
숨바꼭질 놀이 속
울고 웃는 생이여!
하늘하늘한 마음 늘 한( )!!

O 잘 챙겨 갑시다. 챙길 것 없는 '나'를
미소 일없음에 ．

내리는 빗줄기 따라
하염없는 발걸음 내딛습니다
걸음걸음은 어느새 무창
무창에는 여전히 홀로 우뚝한
새하얀 바람개비 돕니다

바람개비 입에는
과거를 물고 오늘에
오늘을 물고 내일로
내일을 물고 지남 끝에
그저 끊임없이 돕니다
돌고 도는 속
돌고 도는 속도 모르며
그저 저리 돕니다

어제에 탐심(탐)
오늘에 성냄(진)
내일에 어리석음(치)
이어이어 돕니다
탐냄이 성냄이 되고

탐냄 성냄 어리석음을
여읜 바람개비 그저 저리 돕니다
!……

내 무창에는 내 바람개비 새하얀
내 님 싣고 하얀 미소로
하얀 날개 셋이 하얗게, 하얗게 돕니다
그저 하염없이 도는 속
!?……

내 무창 바람개비는
늘 한 홀로 하늘꽃!
홀로 핀 하늘 홀로꽃!
홀로 하늘꽃 '나'!?
봄
빗줄기 따른 길 '나는'
무창, 무창……한 '여기'!?

○ 잘 살펴봅시다. 무창한 '나'
미소 염화.

그 추운 겨울 앙상한 가지
세찬 바람 맞으며
그 모짐 그리 견디더니
봄, 햇살 따사로움에
봄, 살랑이는 바람결에
봄, 활짝활짝 피운 진달래!

진달래 봄이 오니
말없이 피어나고
메말라 삭막했던 산하
밝은 미소로
곱게 밟아 오시는 길

봄이라
너도 나도
앞다퉈 오는 길
봄이라
시샘하며 오는 길
봄이라
아장아장한 걸음짓

맑은 하늘 파란 구름 손짓

곱게 핀 진달래
하늘가 잡고
저 먼 여리지
한 걸음에 한 걸음
내 걸음짓 진달래 따른 고운 님
곱게 곱게 물들이는 이 아침!……

한 이슬
진달래 한 모금!
한 이슬
나 한 모금 한 하늘!?……
한 이슬
한 모금
한 모금 한 만공_( )_?!

O 잘 살펴 갑시다. 말에 걸리지 않는 '나'
미소 진달래처럼.

적막한 골
산비둘기 가을 부르는 소리
공연히 마음 젖어듭니다

어제도
그제도
산비둘기 노래했으련만
오늘에야
그 적심이 스미어 닿았네요

스미어 닿은 그 소리
만들어진 귓불 걸쳐
깊음 없는 이 마음 골에!
아침
새벽 지나 내게 왔네요!

알 수 없어 똑똑!
아침 문을 똑똑!
아무도 없는 마음 집
똑똑!

이 울림은 누가 아는지?
울림 아는 '이' 찾아서
발자국 자국에 '이 뭣고'

이 울림 아는 '이'란
도대체 어찌 생겼기에
난지 넌지 그리 잘 아는지
어찌
그리 '소소영영'한지
아는 님 찾아
다업겁 돌고 돌아도
그 님 흔적도 없는데……
어찌 이리
한 치 오차도 없는지
흠!
그렇습니다 그려!

O 잘 살펴 갑니다. 오차 없이 아는 그 님이 물들지 않게! 잘알!
천년의 미소.

같은 말일지라도
어떤 이는
이렇게 알아듣고
어떤 이는
저렇게 알아듣고
어떤 이들은
바로 알아듣고
제각기
자기 마음 따릅니다
뾰족이는
가능한 한 뾰족하게
네모는
가능한 한 네모로
세모는
세모나게 알아듣고
팔만사천
나툼이 만공에 가득합니다

만공에 가득한 일들
마음 따라 노랗게 피고

마음 따라 빨갛게 피고
마음 따라 파랗게 핍니다
내 마음 기우는 쪽으로……
마음 따라 일어납니다
마음이 그렇게 물듭니다
그리 물들어 시방에 두루하고
그 두루함 한 티끌에!……

⭕ 잘 살펴 갑시다. 옳음의, 바름의 '나'
미소 수월 .

항상한 날 또 잇습니다
잇는다는 것도 말이지만
말을 여읜 그 자리가
이음이고 세상살이입니다

고뇌가 극락으로
상락아정(常樂我淨) 열반락이며
번뇌가 보리로
내가 '내'입니다

내 마음은 요술단지
뭐든 마음 가는 대로
이루어 내는 그런 요술단지
잘 가꿔서 아름답고
평화로운 세상 만듭시다

마음 하나 잘 다스려서
영원한 내 길 잘 갑시다
내 마음이 내를
내를 잘 다스릴 수 있습니다

오직 자기 자신만이
잘 다스려 갈 수 있습니다

자신만이 자기를 완전한
자기로 만들 수 있습니다
영원한 내 길 자기 자신만이
자기의 길을 홀로 갑니다

○ 잘 살펴 갑시다. 멈출 수 없는 내 길 '내'
미소 아름답게.

빗소리에, 듣는 성품을 봅니다
빗소리에, 듣는 성품을 듣습니다
빗소리, 그냥 주룩주룩……
빗소리, 듣는 놈 적멸 속 ___!?

하루 종일 내리는 비
소리 내어 내게 오는데
소리 듣는 '내' 그러하게!?
빗소리에 젖은 감수는
가슴 울리는 빗소리로!
비 오는 소리 듣는 나를 '봄'
두 눈이 아니라 나입니다

하루 종일 내리는 비는
소리 내어 그리 내리는데
듣는 놈 텅 빈 하늘가 날고
듣는 놈 여울지는 그리움
그 그리움은 여울지는 내 있기 때문
그 그리움은 내 기다림의 여울 지나기에

빗소리 추적추적 내리는 건
추적추적 듣는 이 있기에!
추적추적 보는 이 있기에!
보고 듣는 나 예 있기에!
보고 듣는 나 하늘이기에!
빗소리 나는 건……( )이기에!

O 잘 살펴 갑시다. 소리를 소리라 아는 '나'
미소 빗소리.

조용히 밤
밤 그늘에 앉습니다
까매서
까만 내 안에 들기 쉽니다
까만
내 안에 난 늘 고요합니다

까매서 고요함에 '나'
'나' 고요해 잠들까
살짝 흔들어 깨웁니다
맑고 신령스럽다고
말하는 그 아는 '나'로
살짝 흔들어 깨웁니다

몽롱은 어느새 먼발치
까만 그늘 속에 숨습니다
숨어 기다림은 망상 불씨
텅 빈 속 한 점 없는 씨앗
인연 될 날 학수고대!

텅 빔이 한 하늘 가득
가득한 빈 하늘 파란
까만 내 안의 난 벽안(碧眼)
늘 푸른 내 안의 '나' 늘
까만 내 안의 늘 한 '나'!?

⭕ 잘 챙겨 갑시다. 고요하다 아는 '나'
미소 언제나.

하루해가 저물었습니다
하루해가 저물었다는 말로
표현하기로 약속한 약속어로
우린 언어를 주고받습니다
살아있다는 증거입니다
마음이 만든 몸과 행위로
엮어 가는 삶이라 그렇습니다

그런 하루가 지나 야반삼경인 자정에
모두가 떠난 빈 뜰에 서서 밤하늘 쳐다봅니다
하늘 마당엔 수많은 별들이
제각기 차원의 빛을 발합니다
반짝이는 모습도 제각각
크기도 제각각 비춥니다
하늘 마당엔 별들이 놀이패 반짝이며
이 밤이 셀 때까지 놀다 갈 겁니다

저녁나절 양식당 이층에서
검푸른 동해바다를 유리창 너머로 보았습니다
한시도 가만히 있질 않습니다

한순간도 멈춤이 없습니다
찰나 찰나를 일렁거립니다
우리의 삶도 푸른 바닷물처럼
찰나를 쉼 없이 일렁여 갑니다

약속어 따른 말하며
살아있음 보여 주며 갑니다
말을 여읜 그 자리일지라도
말을 여의지 않은 그 자리입니다
늘 이렇게 흐르는데
흐른다는 말은 우리들의 소통
서로 통하는 수단 방법
나를 표현하며 살아가는 길
그렇게 이러히 살아갑니다!

지금도 여전히 별은 빛납니다
하늘 마당 놀이패로 무대 뒤에서!……

◯ 잘 살펴 갑시다. 약속어인 줄 아는 '나'
미소 약속어.

어디로 흐르는지
어디로 흘러가려는지
정처 없다는 말에 앉아
정처 없이 흐르는 물 따라
하염없이, 하염없이……

오늘이란
늘 오늘인데
내일은
언제나 내일로 있고
어제는
늘 어제에 머문다

가고 오는 날들
오고 감 없이 오가는 속
늘 그렇게 흐른다

말꼬리에 매달려
허우적허우적
말꼬리에 매달려

대롱대롱
매일이 버거워 버겁게

길 걸음이 휘청휘청
길 걸음이 천근만근
길, 길, 길 그리들 간다
그리들 간다

그냥!
흘러 흐르는 나날
환! 환! 환!……이여!

〇 잘 갑시다. 소소영영한 '나' 잡고
미소 환희로운.

가려고
벗어나려고
가없는 길 걸었네!

누구를
위함이 아닌
나만의 길 걸었네!

수많은 날들
원망하던 마음
이제 저 멀리 가버리니

이젠 '내' 길
이제는 오롯한 나의 길뿐
오롯한 내 길뿐
영원한 내 길뿐!

○ 잘 살펴 갑시다. 오롯함을 아는 '나'
미소 지으며.

무엇에도 굴함 없이
무엇에도 굴함 없는 '나'
잘 다스려 갑시다

늘
모두를 사랑합니다
늘 함으로!······

미소 늘.

어제는 둥근 둥근 연등
오색빛 둥근 둥근 연등
하늘 기둥에 한송끈 늘여서
둥실 둥실 연등 매달고
오색빛 온 누리에 비춥니다

비록 산골마을 작은 암자지만
한송뜰이란 큰 우주를 머금은
아미타 한 송이 꽃에 우주법계가 가득한 아미타
둥실 둥실 연등 날아올라
한송뜰 마니보주 등불 비추옵니다
사월초파일 석가모니 부처님 탄신일
매일매일은 우리들 부처님 탄생일

연등불 오색창연 우리들 마음 늘 오색창연
오색창연한 우리 마음 더러움에 물들이지 않는
늘 한 우리 오색창연! 그런 우리 됩시다
이어진 길 늘 한 창연으로!

미소 오색창연.

헛것이
허공에서 생겼다가
헛것이
허공으로 사라져도
본 성품
허공엔 가득히
본 성품
허공 속 텅 빔이라
생겼다
사라짐도 본래 없는 것
없는 속
생겨남도 본래 없는 것
있고 없고 아는 '난'
허허 탕탕이라네

O 잘 챙겨 갑시다. 한 허공이라 아는 '나'
미소 한 허공.

계절은 소리 없이
조용히 걸음합니다
꽁꽁 얼었던 겨울 가고
해님 따라 복수초 피고
이어 노란 양지꽃 피우며
진달래 개나리 철쭉
산벗꽃 산복숭아꽃
온 산천 봄꽃들 만발입니다

연둣빛 감도는 산천,
색색의 꽃잎들 피는 미소는
해맑은 봄 하늘을 납니다
새하얀 이팝꽃 울타리
봄바람 물결에 하얗게
하늘 언저리 나부낍니다

하얀 잎 한송뜰 내 님
하늘거리는 바람 한송뜰 내 님
나부껴 이는 물결 한송뜰 내 님
어느 하나 한송뜰 여의지 않고

어느 하나 한송뜰 머물지 않네
한송뜰 광활한 한 허공!

한송뜰 우리들 모여 살고
한송뜰 우리들은 우리
내가, 네가 딛고 사는 한송뜰
우린 한송뜰 한식구 하나
우린 한송뜰에 핀 한송인(人)!
하나가 우리고 우리가 '나'

너와 나 나뉨 없음을 아는 때
너와 나 하나임을 아는 때
그때가 여리지 이를 때!
다툼 없는 한송뜰 우리
우주법계가 한송뜰!

○ 잘 살펴 갑시다. 말끝에 매이지 말고 말하기 이전 '나'를
미소 영원함에.

늘 그러하게 새벽은 옵니다
오라 보채지 않아도 옵니다
왔다는 말없이 그냥 갑니다
새벽이라 말하지도 않고
새벽이라 뽐냄도 없이
어두운 길 걸어와
환함으로 걸어갑니다

비틀거리지도 않습니다
머뭇거리지도 않습니다
재촉하지도 않습니다
바르다고 하지도 않습니다
어둠의 재를 넘은 걸음은
환한 동녘 하늘 닿습니다
환!합니다
어둠을 보낸 새벽이
햇살 비춰 오기에!

새벽 늘 그러하게
왔다가 말없이 갑니다

그냥 갑니다
그냥 그렇게 갑니다
안녕이란 말도 없이
그냥 그렇게 흐릅니다
저 지남의 강으로
세월 부여안고 갑니다
새벽이!……

○ 잘 챙겨 갑시다. 머물지 않는 '나'를
미소에는 미소인

이른 아침에 길 따라 나섰습니다
딱히 갈 곳은 없지만
길은 이리저리 뚫려 있습니다
갈 곳이 없기에 마음 가는 대로 가 봅니다
저 끝 산모롱이 지나면
또 다른 산모롱이 기다립니다

산모롱이 지나면 작은 개울 넘고
산모롱이 지나면 큰 강도 지납니다
모롱이 모롱이 지날 때마다
산모롱이들 축젭니다
울긋울긋 불긋불긋
파릇파릇 푸릇푸릇
저마다 축제의 장이 열렸습니다

가을날 열매 맺을 준비에
하늘거리는 꽃잎들
봄 햇살에 수줍은 듯
이슬 머금어 촉촉합니다
이슬방울들 꽃잎에 앉아

아침햇살에 열반락
밤새운 환지본처!?

그냥 길 있어 길 따른 이 아침에
봄길 나그네 반겨 맞는 꽃님
봄 동산 비탈에 숨어 핀 듯 수줍음이
산비탈 입가에는 엷은 미소 연분홍빛
노란 개나리 질투로 따라 피는
봄 산모롱이 길섶에 길섶!

마냥 어딘가로 달리고픈 아침
달려간들 어디 메인고
이어 돌아 환지본처!?
그냥 아침나절에……'나'!?

◯ 잘 챙겨 갑시다. 머묾 없음 아는 '나'
미소 봄꽃．

비가
주룩주룩 심통입니다
봄꽃들 어여쁨이
그리 샘이 나나 봅니다
한줄기 내린 빗물에
망울망울 피는 꽃잎들
젖어 후줄근하니
엉망이 되었습니다

벚꽃들의 축제
복숭아꽃들의 축제
살구꽃들의 축제
오얏꽃들의 축제
온갖 꽃들의 축제가
난장이 되었습니다

꽃은 폈다가 지는데
푸른 알알 맺힘이니
고이고이 간직하여
여름날 지나 알알들

익어 익은 향
코끝에 배어들면
그 향기엔 봄날 꽃향
머금었기에 무르익은 향!

이렇듯 익어 감에 우리
우리 한송인들도
아웅다웅 그리 익을 땐
여리지 그곳에 이르겠죠
가을날 오곡이 익듯이
우리들 익음은
더할 나위 없는 여리지!

◯ 잘 살펴 갑시다. 더할 나위 없음 아는 '나'
미소 빗속에도

마른 나뭇가지 같았던
죽은 나무처럼 느껴졌던
지난 겨울날의 나무들

아무것도 없는 벌판 같았던
메말라 죽은 듯한 저 뜰

지난 겨울날의 대지 위로
손만 대도 문드러질 여린 새싹이 뾰족
뾰족거리며 태어나고

망울망울이 꽃망울
한 잎 두 잎 피워 활짝 핀 봄날
꽃향기 따라 길 나섰습니다

걸음걸음은 복사꽃 마을
영덕을 지나 의성에 멈춥니다
새하얀 오얏꽃이 벌판입니다

새하얗게 피어 새하얀 뜰

새하얀 향기는 하늘을 채웁니다
바람결에 오얏꽃은 꽃비 되고

새하얀 꽃비 줄기는 새하얀 향이 되어
저 하늘에 내립니다

벌, 나비 날아드는 꽃밭
하늘 마당 저 하늘에는
새하얀 내 꽃이 핍니다

파란 하늘로 하얗게, 하얗게 납니다
머묾 없이 하얗게 내립니다

봄날에 봄꽃이 되어
봄 하늘은 봄이 됩니다
내 하늘에는 '나' 옅게 핍니다

O 잘 살펴 갑시다. 찰나도 멈춤 없는 '나' 아는 '나' 등불로!?
미소 자화상.

참!
참자기와 만나기란
그리 어렵지 않습니다
늘 한 내랑
늘 한 '내'랑은 늘 합니다
한시도 헤어짐 없고
찰나도 비켜 감 없습니다

한순간도 떨어진 적 없건만
늘 흘리고 다닙니다
늘 남의 일에 참견한답니다
늘 한 '나' 팽개치고
남 따라 업의 고리 잡습니다
남 흉보며 남 책망하며
남의 일상사를 잡아……
난타하며 업의 소굴에 듭니다

내 마음 나도 모르니
남의 마음인들 알랴
모르는 내 마음 잘 알아

남의 마음 힘겹게 하지 말고
'내' 님
사랑하는 '내' 님께 귀의하자
영원한 내 님께 귀의하자
영원한 자기 마음에!

⭕ 잘 살펴 갑시다. 영원한 마음인 '나'
미소 소중한 내게.

긴 밤
어둠은 길 떠났습니다

새벽이라
어둠 지나간 자리 먼동이……

동이 트는 아침은
이슬 한 모금에 한낮으로

한낮에
한 아름 밝음은 대낮

밝음도
돌아가는 저녁나절

저녁나절
하늘에는 노을 지는 서녘

노을도
집에 가는 초저녁 밤하늘

한별
금성이 반짝여 오면

삼경
하늘엔 한 국자 북두칠성

북두칠성
한 하늘 돌아들면

새벽하늘
그리움에 뜬 별, 샛별!

긴 밤
어둠 다시 한자리한!?

⭕ 잘 챙겨 갑시다. 한없는 여정의 '나'
미소 미소로

비좁은 돌 틈 사이
틈 사이 비집고 사는 영산홍

좁은 돌 틈에도 영산홍
한 등걸에는 가지가지 늘여

해맑은 아침햇살에
수줍은 듯 주홍빛 웃음

청초롬 주홍 미소 짓는
돌 틈 사이 사월의 영산홍

봄볕에 영산홍 미소는
환절기 몸살감기 씻기고

사월 중순 뜰에 영산홍
뜰 자락에 미소 걸린 날

영산홍 피는 날에
붉은 미소 흩날려 짓는 짓

'나' 향한 '나'
'내' 님 향한 일편단심!

'내' 님 만나는 그곳에는
영산홍 피는 여리지 뜰!

내
그 '내' 님 만나는 날!

그날은 이러히
영산홍 피는 '이'날!!

⭕ 잘 살펴 삽시다. 매 순간순간을 '나'로
미소 꽃피는 날.

4월 18일 화요일 새벽
도량석 알람 딩동 딩동
삼년 정진 중에는 쉼~석
하지만 매일 3시에는
알림음이 딩동딩동……
이 새벽 딩동딩동
3시라 깨웁니다

3시 오대산 품, 까만 애마에 앉아
온통 까만 새벽 까만 애마랑 옛길
더듬은 딩동! 인시, 목탁소리 청량한
청량선원 상원사 도량석

한없이 걸어온 길
터벅터벅했던 걸음
걸음걸음은 까만 밤만큼이나
까맣던 날들!

그 까맘 따라 까만 오대산 자락 문수 품
오대산 까만 밤 '내' 문수

늘 그리 홀로 걷는 까맘!
까만 오대산 품에 까만 QM 애마에 앉아
한 품 안 '내' 안에 '나' 그리워 짓는 마음!

오늘은 오대산 품에 그냥 이렇게!……
잇속 찾는 님들이 만든 저들의 일정일랑
이 까맘에 묻으리!……
까만 오대산 품에 까만 애마에 앉아서
까맣게 그들 일정일랑
모르리 낸 모르리……

'내' 님 향한 일편단심!
까맘 속 '내' 일편단심!
'나' 향한 일편단심!
'나' 적멸로 일편단심

○ 잘 살펴 갑시다. 영원한 길 영원한 '나'
미소 선우들 _●

사람들은 그렇다
다른 이인 남 속이려 한다
눈 가리고 아웅 한다는 옛말
눈 가리고 아웅 하면
결국 남은 알고 있으며
나만 모른다는 이야기
눈 가렸기에! 나만……

남이 모를 거라 속이면
속이는 이는 눈 가린 고양이처럼
자기 꾀에 자기가 걸린다
남이 모를 거란 덫에 여지없이 걸려 버린다

남들은 다 안다
남이 모를 거란 그 마음이
거울 되어 환희 비춰 주기에
한 치 오차 없이 소소영영하다
진실은 진실이 자기 인격 되고
거짓은 거짓이 자기 인격 된다

진실한 삶 살자
진실함이 사람의 완성길
진실함이 사람의 고품격
진실해 자기의 격 높여 보자
거짓에 인격 추해지지 말고
거짓에 자신의 격 추락시키지 말자

참되게 살자
비록 가난할지라도
참되게 살자
추해지지 않는 고품격으로
참되게 살자
빛나는 태양처럼 환하게!

○ 잘 챙겨 갑시다. 한순간의 진실한 '나'로
미소 진실한.

바람이 분다
긴 겨울 버텨 피운 꽃
가지 흔들어 흔들리니
바람에 겨운 꽃 이파리가
한 잎 두 잎 날다 떨어지고
해는 저물어 노을 피니
붉어져 꽃피는 사월 하순

가지가지 삶을 틔우고
숲 사이사이는 새들이 날며
봄 한나절 이야기는 삶의 노래
너의 삶
나의 삶
우리들 삶이 솟아나는 사월
하나 하나가 모여진 우리 뜰
우리들은 큰 하나인 한 몸

우린 경쟁인이 아니라
함께 하는 삶이네
우린 우리기에 서로 돕는

그런 한 몸인 우주라네
하나하나 한 세포인 우린
우주의 한 몸뚱이
한 몸인 우린 상부상조하여
완전한 경지!

그런 완전한 '이'란 걸 아는
사월 하순 20일 됩시다

나무(귀의)
아미타불(본래 하나 '나' 우리)

나무(환지본처)
아미타불(이름하여 텅 빔 '나')

나무 아미타불(한마음 한 몸)!

◐ 잘 챙겨 삽시다. 왜곡됨 없는 '나'로
미소 하나인.

산골짝 작은 마을
산새 소리만큼이나
우리들 삶의 노래는
시끌벅적하다
자신 이익을 위함은
놀부 심보가 되고
힘듦에 손 놀리는 삶은
모른 채 남 눈치 보며
손가락 까딱 안 한다

나 힘들면 남도 힘든데
무얼 그리 미루며 사는지
맛나고 좋은 것은 자기 것
힘들고 안 좋은 것은 남에게 미루고
우리는 큰 우주의 한 몸인데
왼손도 오른손도 내 한 몸인 것처럼
우린 하나인 아미타불!

너와 내가 나와 남이 한 몸인
한 우주 우린 한마음인데

왜 가르며 살며, 아귀다툼하는지……
서로 돕고 의지하면
고통 고뇌 덜하련만!

모기 하나도 우주인데
내 생명인데 '나'인
살아있는 생명인데!
무생일지라도 나인데
남 생명 존중하는 날!
나와 남 존재 존중하는 날!
그날이 바로 여리지……
그날이 바로 완성 이룬 날
'봄'이란
내가 우리 되는 여리지

○ 잘 살펴 삽시다. 한 몸인 한마음 '나'로
미소 여리지.

온 산하가 꽃밭입니다
누가 보든 안 보든
예쁘다 하든 밉다 하든
무심하든 개의치 않습니다
그냥 제 할 일 합니다

봄이기에 꽃피우고
열매 맺어 갈 겁니다
옆에 개나리가 예쁘다고
진달래가 더 예쁘다고
복숭아꽃이 더 예쁘다고
시기 안 합니다
그냥 자기 몫만 합니다

수줍은 듯 피어나
활짝 웃는 환한 미소로
그리 봄 동산 물들입니다
바람이 불면 흔들거리며
비가 오면 비 맞으며
그리 그리 제 할 일 합니다

우리도 내 할 일만
내 할 일만 잘하면 됩니다
내게 주어진 모든 일 내 것
내 스스로 잘 가꿉니다
잘 가꾸어 나의 오롯한 길
잘 이어 이어서 나의 길
나만의 오롯한 길 갑니다
손에 손 잡고 그리 갑니다
우리 우리이기에

O 잘 살펴 갑시다. 꼭 한길 나의 길에 '나'
미소 나의 길에.

세상 소리
남을 헐뜯는 소리
남을 하찮게 여기는 소리
남을 평가 절하 하는 소리
여러 가지 말들이 난무합니다

석존께서는
남을 나와 같이 존중하라
남을 업신여기지 마라
세상 평화롭고 아름답게
모두를 사랑하라 하셨고
모두를 나와 같이 존중하고
우리 모두가 '천상천하 유아독존'
존귀한 '이'라 하셨습니다

우리 다 모두 조금만 남을
나와 같다 생각합시다
내가 홀로 존귀하듯
남도 홀로 존귀합니다
말이 아닌 진실한 마음

진실함은 무엇에도 걸림이 없습니다
'그물에 걸리지 않는 바람처럼'

우리 그리 삽시다
모두를 존중하는 삶
남 하찮게 여기지 않는 삶
우리 그리 삽시다
하찮은 '이'라 할지라도
미래에는 완성자(부처님) 됩니다
화창한 '봄'처럼
너와 내가 공존하는
공동체임을 알고 삽시다
남이
나와 같은 존재입니다

○ 잘 챙겨 갑시다. 우리인 '나'를
미소 다함께.

어제 달리던 도로
오늘도 달립니다
어제는 시름을 터는 달림
오늘은 시름을 넘는 달림

사연은 다르지만
길은 어제의 그 길입니다
어제의 길섶에는 연두빛 잎에
만지면 으깨질 것 같은 꽃잎
서로 어우러진 설렘이더니

오늘에는 그 곱던 꽃잎 지고
연둣빛 조금 더 짙어지는
자연의 섭린 이리 오차 없이
서로 오고 감에 초연! 자연!
그리들 무심히 갑니다

본연의 모습 거스르지 않고
그리들 산하의 주인입니다
그리들 자기들의 삶에 충실

'나' 내 삶에 충실하면
모두에게 진솔함입니다

우리 그리 삽시다
나와 남이 아닌 우리
우리기에 너와 난 우리들
우리 그리 삽시다
서로 도우며 진정한 삶을……

○ 잘 살펴 갑시다. 이어진 길 '나'로 바르게
미소 환한.

하루가 다르게 변해가는 산하
어젯밤만 해도 봉긋했던 목단이 활짝 펴
아침을 맞이하는 향기는
푸른 하늘 날아올라 극락!

쌉싸래한 목단 향기
이 아침! 극락세계 이뤄내고
콧바람 타고 날아든 향기는
'천상천하 유아독존'
흩날리며 사월초파일로 향해
날아갑니다

어디에도 물들지 마라
무엇에도 물들지 마라
오직 나라고 아는 '나'
그 '나'로 잘 살펴 살라고 하신 님!
'석가모니'님

자기 자신을 믿고 가라
무엇에도 흔들리지 말고

어디에도 현혹되지 말고
오로지 이 몸을 만든 자신
이 몸을 집 삼고 사는 '나'
그 '나'에게 돌아오라(귀의)

'더러움에 물들지 않는 연꽃처럼'
'탁한 물 맑게 하는 연꽃처럼'
우리 그렇게 살아가자
세상 어떤 시끄러움에도
굴하지 않는 우리로 살자
세상 더러움도 맑게
아름다운 세상 만들며!

○ 잘 살펴 갑시다. 오롯한 나의 길 아는 '나'
미소 향기롭게.

사월 초길²입니다
팔이란 숫자가 다가오면
사월초파일 우리들 탄생일?!

"하늘 위 하늘 아래 내 스스로가 홀로 존귀하다"
석존이 말씀하셨으니 나도 더불어 탄생한 날!

나 홀로 존귀함 알았으니
내 탄생일은 사월초파일
석가모니 탄생과 같은 날!

홀로 존귀한 줄 알면
내 이미 그 님과 함께
내 님이 그 님과 함께
내랑 그랑 그러하게 함께!
우린 그러하게 함께
개개인이 아닌 우리라네!
우리이기에 우린 큰 한 몸!
우리이기에 우린 큰 한마음!
네가 아닌 우리

내가 아닌 우리

너이기에 우리

나이기에 우리

상부, 상조, 상생

서로 도우며 함께 사는 길!

진정한 홀로, 알고 나면

우린 더불어 가는 길!

소소영영하게 '나' 알면

서로 손잡고 함께 사는 길!

나 홀로 존귀하기에 너 홀로도 존귀하다

그렇기에 나와 남은 존중한 '내'

서로 사랑(존중)하며 가는 길!

여리지길 여리지로!?……

◯ 잘 살펴 갑시다. 편 가름 없는 하나인 '나'를

미소 하나인.

2 초하루

'살아 있는 것은 다 행복하라'
법구경 말씀입니다

즉 남의 생명 해치지마라
내 먹이를 위해 함부로 생명 죽이지 말라 하셨습니다
입맛 즐김을 위해 한 생명은 무참히 죽습니다
때로는 원한을 가지고 윤회의 고리 만들면서 죽어 갑니다

죽어 가는 생명이 나라면 어떨까?
우리 수행자들은 깊이 생각해 봐야 될 겁니다
맛이란 것에 매여 남 생명 함부로 죽이지 않는
여법한 '이' 그런 '이'라야 진정한 석존의 제자이며
올곧은 자기 길 걷는 여리지'인' 아닐까요?

제 생각에는 그런 것 같습니다
내가 또 다른 나인 남을 존중(사랑)하면
또 다른 나인 남들이
나를 존중해 주는 게 이치입니다
남을 하찮은 존재로 대하면
내 보는 관점이 그것밖에는

안 되기에 그렇습니다
내 존재가 하찮다는 얘깁니다

마치 한쪽 눈 가리고 세상 보면
눈 가린 만큼 안 보이듯이……
고만큼만이 자기 인격입니다
내 인격 고품격 만들려면
남 인격 비하하지 맙시다
우리 모두가 소중하니까!

남과 뭇 생명을 존중하고
남의 인격 존중하여
나의 인격도 존중 받게 만듭시다
사월초파일 즈음하여 석존의 가르침
우리 함께 되새김!
모두여 행복하소서

○ 잘 챙겨서 삽시다. 나와 남 소중함 아는 '나'
미소 모자람에도

잿빛 구름이 놀러 온 아침입니다
목마를까봐 에둘러 오는 바람에
비를 두고 왔나 봅니다
파란 하늘에 잿빛만 성글게 둥둥
한 방울 물 없어 빗물이 흐르지 않습니다
하나 둘 모여드는 잿빛 구름이
어느새 파람을 가려 온통 잿빛!

하늘 한가득 구름들의 구름
구름 구름이 삼라만상
삼라만상 구름 속에는
촉촉한 물 머금어
목마른 대지를 적셔 줄 겁니다

달달한 한 모금의 젖줄은
우리들 원천입니다
우리들의 차원 따라
한 모금이 두 모금 되는
삼라만상 삼라만~상
차원 따라 다른 삼라만상!

삼라만상 그 여운

우리들 가슴속 촉촉이

메마름에 스민 봄날

가슴속 스며 이팝꽃처럼

하얗게 피어날 겁니다

하얀꽃 이팝꽃처럼

잿빛 구름이 피울 겁니다

새하얗게!

〇 잘 살펴 갑시다. 잿빛 구름이라 아는 '나'로

미소 하얀●

사월이 문 닫으려 하니
오월이 저만치 보입니다

뜰에는
밤나무 잎 돋아나
연두
바람결에 하늘하늘
하늘을 날아
노란 꾀꼬리 부릅니다

꾀꼬로로
꾀꼬로로 꾀꼬!
청아하게
아침 하늘 납니다
자주빛에
모란도 향기 띄워 봄 하늘

노람으로 이슬 머금어 이 아침 촉촉이
밤 노랗게 지새워
청아하게 퍼지는 솔(soul) 꾀꼬리!

샛노란

노란 꾀꼬리 날갯짓 푸르름

푸른 날갯짓에는

이 아침이 노란 축하공연

꾀꼴꾀꼴 꾀꼴!……

O 잘 살펴서 갑시다. 이어진 길 걸음에 '나'

미소 맑게 .

함박함박 피었습니다
고개, 고개마다
수줍어 수줍은 듯 피었습니다

조록싸리[3]
하얗게 콕콕 박혀
까만 밤하늘 별이 됐습니다

하얀 점점이 까만 어둠속 흐릅니다
고갯길 길게 늘여 하얀 보석 조록싸리
까맘에 콕콕 박혀
하얗게 빛, 빛 흐릅니다

무창고개 조록싸리
하얀 잎에 까만 어둠 짙고
무창 하늘 한한(閑閑)함 속 별
콕콕한 눈 깜빡여 초롱초롱하게
하얀 달 하얀 길에는
까만 애마 굽이굽이 돌아 돈
무창한 무창에는 무창뿐!?

한송이란 뜰에는

한 하늘 가득함이요

가득한 하늘에는

뜰이라 한송인 한 송이라

우린 한송뜰

한송뜰이라 우리들!?

홋……

⬤ 잘 살펴 갑시다. 어두운 밤 하얗게, '내'게로
미소 웃는 얼굴。

3 콩과의 관목으로 여름을 알리는 대표적인 식물

바람 부는 봄 나절
작은 암자에 홀로 앉아
나부끼는
앞산 도솔봉 마주합니다

잎새는
푸릇푸릇 날고
잎새 날아
산은 나풀나풀 우뚝!

마지막 꽃잎 떨구기
아쉬운 바람은 한 잎
바람 일어 꽃잎 날리니
도솔봉이 안아 품습니다

바람은 어서 가자 하는데
가지 끝에 꽃 이파리
팔랑팔랑 사월 납일
오월은 어서 가라 하는데

사월 납일 안녕하는
사월 납일 23시 59분
꽃잎 하나마저 날리는 세월
오월 문 삼경!

초롱초롱 걸어온 오월
깊게 마신 청량차 한 잔
한 모금은 어디에?
한 모금은 어디 어디에?!

O 잘 살펴 갑시다. 넘는 세월 속 '나'
미소 한 잎에.

멋짐이 뭔지 알고
멋짐을 보여 주는 사람
멋짐에 멋진 '이'
우린 그런 사람이길!
늘 그러한 사람이길!
우리 두 손 모은 하나의 길!
그리, 그리 다져온 길!
홀로 우뚝한 길 '내' 길!

늘 최고인 최고인(人)은
늘 한결같은 사람
모두를 사랑할 줄 아는 사람
하찮은 약속일지라도 꼭 지키려는 사람
헛말일지라도 진실로 이끄는 사람
홀로 우뚝한 이인 '나'들

그러한 우린 우리들
울타리 없는 넓은 뜰
끝없이 넓은 뜰
한 허공 한 하늘 펼쳐진 우리 뜰

넓기에 높기에 한량없는 우주라 합니다

넓음에 한 조각 '나'
넓음에 한 조각들인 우리
넓고 넓은 한마음인 '나'
넓고 넓은 한마음인 우리
우린 늘 함께입니다
한시도 떨어진 적 없는 우리
그런 우린 우리입니다

진실한 약속은 지킴입니다
약속은 약속이라
지켜야 할 윤리이기에
등불이 되는 겁니다
시방세계 등불이!……

⭕ 잘 챙겨 갑시다. 꼭 지켜야 된다고 아는 '나'
미소 늘 함에.

모두여 늘 행복하소서!
늘 한결같이 행복하소서!
모두의 행복을 기원합니다

모두의 존재감을 상기시켜 주신
옛 님 석가모니 부처님
석가모니란 한 사람이 부처를 이룸에
오늘 이와 같이 탄신을 봉축 하는 4월 8일

한 옛날 이리 오셨기에
오늘에 우리는 님의 발자국 따라
맑고 밝게 평화로움 이루어
아름다운 세상 만들어 갑니다

비록 오늘 걸음짓은 어설플지라도
내일은 부처란 지위에 올라
모두의 안녕과 평화를 위해
걸음걸음할 겁니다
모두의 안녕을 위하여!

'천상천하 유아독존'인 우리
내가 제일 존귀한 님이란 걸
알려주시려고 걸음하신 님!
님이시여!
님이 오심에 봉축 드립니다
님의 가르침에 봉축합니다
님의 뜻 따름에 봉축 드립니다

미래 부처님 될 모두여!
홀로 존귀함 아시옵소서
내가 세상 중심이며
내게 훌륭함 갖추어 있고
나만이 내 이룰 수 있기에
나 홀로 존귀합니다
우리 그렇게 여리지인 됩시다

늘 사랑합니다
늘 한 님이 늘 우리 모두를

O 잘 살펴서 갑시다. 홀로 존귀한 '나'를
미소 홀로 존귀함.

초연하여 초연한 맑은 오월의 아침
뒤뜰 소나무 아침 문 열고
맑은 솔(soul) 꾀꼬로로
노란 입에는 아름다움이
노랗게 한송뜰 메웁니다

샛노란 울림은 속속들이 아니 스밈 없고
스며 스밈은 청아하게
마음 속 청아하게 스민 소명
첫새벽 날아든 소명은 초효라 이름하네!

맑고 맑아 이름할 수 없는
이름할 수 없어 소명!
오월 첫날 맑게 퍼지는
노란 꾀꼬리 솔은
심연 깊음에 한 점!
초효…… 길!

○ 잘 살펴 갑시다. 어김없이 계절 아는 '나'
미소 아는 맘.

산골 마을 작은 토굴에
손바닥 만한 마당 있고
언저리에는 하얗게 핀 철쭉
보랏빛에 오월 난초 피고
빨갛게 영산홍이 웃고
매발톱 초롱초롱 달랑달랑
분홍빛 꽃잔디 꽃 피워 피운
틈틈 사이 무릇들에는 푸른 잎이
새새 꽃분홍 철쭉이 활짝
저마다 제 할 일 정연합니다

작은 마당가 작은 연못에는
작은 아이들이 석탄일 봉축
작은 연못 주인이 된 수련들
노란 수련 노란 연꽃으로 피고
분홍 수련 분홍빛 수줍음으로 피어
저마다 제 색들 피워 피웁니다

작은 토굴 옆 산에는
아름드리 소나무가 사시사철

늘 푸름으로 살아가는데
겨울에는 푸른 잎에
새하얀 눈꽃 새하얗게 피우더니
오월 푸르른 잎에 노란 송화(松花)
노란 송이송이 맺어 꽃피워 날립니다

바람 불면 솔가지 흔들어
송화 훅 날립니다
온 세상이 노랗습니다
내 눈썹도 내 애마 까망이도
노란 꽃잎에 염화미소입니다
훅 불면 노란 꽃잎 우수수
덩달아 염화미소도 우수수
바람이 꽃을 드는 염화시중
송화 본 낸 염화미소

이 어찌 영산회상 아니련가!
이 어찌 영산회상 다르리오!
이 어찌 삼천 년 전후인가?!
염화미소 어찌 잊으리

어찌 염화미소 짓지 않으리
염 화 미 소
늘~한 미소
염화미소

늘 사랑합니다, 모두를
늘 한 염화미소로

○ 잘 살펴 갑시다. 계절 따라 맺음 다름을 아는 '나'
미소 시중에.

어제란 과거로
5월 5일 어린이날이
가버렸습니다
그 역시 어린이날이란
한마디 말없이 갔습니다

살며시 왔다가
살며시 흔적 없이 갔습니다
정확히 말하면
왔다가 갔다는 말도 필요치 않습니다
그냥 그럴 뿐입니다

우린 그렇게 쭉 한 겁니다
그리 이어진 길 이리 이어 갑니다
이어진 길에는 사연이야 많겠죠
그 많은 사연들 우리가 만듭니다

삶의 모든 일
괴로움도 슬픔도
즐거움도 불행도 행복도

자기 스스로 만들어 자기 스스로가 받습니다
우리 스스로가 만든 겁니다

이러함을 만드는 나란
무엇일까요?
뭐가 있어 이렇게 만들어
이렇게 살아갈까요?
나란 뭣!일까요??
오늘 한번 골똘히 찾아봅시다
'나' 자신을?!…… 골똘히
나라고 하는 이것이 뭘까요?
=이 뭣고=?

그럼에
모두여 늘 행복하소서

O 잘 챙겨 갑시다. 소소영영하게 아는 '나'를
미소 어린이날.

볼일이 있어 농협 갔다
사전 투표장 푯말이 있어 들렸습니다

Tv 등 매스컴을 잊은 지가 까마득해 기억이 가물가물......
나라님 뽑는 일도 잊었고 뉴스라는 사회의 일도 잊고
다 잊고 바보처럼 사는 난 그날 제대로 걸렸습니다

사전 투표를 한 겁니다
물론 나랏일 제대로 할 분께
한 표 찍었지만 결과는 봐야죠
그 자리 나라님 용상에 오르면
모두가 이상한 나라에 주인공
초발심한 마음 저 편에 두고서

뱃속 채우기 일쑤
잘난 체 만들기 일쑤
돌려막기 말하기 일쑤
뱃속만 채우니 토하고
잘난 체하다 봉변 당하고
돌려막기 말하다 망신 당하고

참다움은 저 허공에 걸어 놓고
괜한 헛짓만 허수아비처럼

이젠 그만들 그리 살고
이젠 그만들 정신 차렸으면
이젠 나라님 다운님 오셨으면
이젠 나랏일 챙기는 님 오셨으면
이젠 모두에게 행복을 주는 님 오셨으면
이젠 진정으로 백성 사랑하는 나라님 오셨으면......

간절히 두 손 모아 모아 봅니다
모두 평화롭고 아름다움 '인(人)'
천연스런 자연스런 우리들
너와 나 하나 되는 두 손 모음을
간절히, 간절히 마음 모읍니다

모두여 행복하소서

〇 잘 살펴 갑시다. 티 없는 세상 꿈꾸는 '나'를
미소 온 세상에 。

오늘은 어버이날입니다
이 세상 살아갈 수 있도록
나라는 사람 있게 해 주신 분들
내 어머니
내 아버지
내 어버이이신 님들
님들께서는
내게 첫 번째 최고님
첫 최고 부처님이십니다

우리를 이 세상에
태어나게 해 주신 님
우리 어버이님들
이 세상 모든 어버이님들께
하나 되는 두 손 모음과
하나 되는 마음 모아
사랑합니다

이 세상 모든 어버이이신
첫 번째 최고님

어버이님들이시여!

두 손 모아 머리 숙여
어버이님들께 최고의 사랑
이렇게 보내옵니다
미래의 어버이 되실 님과
이미 어버이이신 님들께
감사의 인사드립니다

늘 건강하시고 모두여 행복하소서
늘 한결같이 존중합니다

어버이날의 환한 미소.

음,
진한 향기가
하얀 허공을 뚫고 하늘 날아
날아, 날아 내게로 옵니다

희뿌연 어둠은
청아한 꾀꼬리 소리에 놀라
새벽 넘어 밤 따라 어제로 줄행랑

하얀 아카시아 향기
틈새 없이 가득한 이 뜰
맑고 고움은 자연이라
그냥 그리 그러하게 나는

맑음과 고움은
꾀꼬리 제 것인 양
뜰 한 자락 비움 없이 메워
만공에 가득히

맑고 청아함 오월 하늘을 날아

오월의 품 품는
아카시아 하얀 향기 나는

세월의 오고 감
이러히 정연하고
우리들 오고 감
괜스레 시끄럽지만!

이 하얀 향기 오늘
투표하러 투표장까지
줄서 기다릴 님
한 표는 한 향기로
아카시아 향 온 천하에!

○ 잘 살펴 갑시다. 늘 한 그 자리 아는 '나'
미소 향기로운

주룩주룩 비가
내 하얀 아카시아
데려 가려나 봅니다
하얀 님 하얀 눈(雪) 닮아
새하얀 아카시아 내 님을

주룩주룩 비가
내 하얀 아카시아 슬프게 합니다
하얀 송이송이 눈물 가득 고여 흐릅니다

하얗게 하얀 눈물 뚝뚝 떨굽니다
하얀 눈물 여린 가슴 시려 울리고

저려져 하얗게 멍든 가슴
오뉴월 한처럼 차디차게 뼛속 후빕니다

뼛속은 한겨울 하얀 눈물
하얀 고드름 주렁주렁
아카시아 송이송이 뚝뚝!

아카시아 내음
빗줄기에 아미타불
절절한 마음 아미타불
환지본처에 아미타불

아카시아 눈물에 젖고
앞 두렁논에는 개구리들
두렁논 떠내려 갈까봐
목청 돋워 나무 아미타불

주룩주룩 비
봄밤이 피운 아카시아
개굴개굴 떨어지는 소리
아카시아 하얀 눈물이
줄줄 주우울줄……

◯ 잘 살펴 갑시다. 이렇게 잘 아는 '나'
미소 아카시아

오월 물빛
산골짝 스며들어
산 가득한 연둣빛

연둣빛은
고운 아기빛
여린 맘 포근히

연둣빛
내 가슴에 안겨 오며
초록이 짙어 가는 날!

내 마음 계절에 물드는 연둣빛
가슴에는 사월 꽃 진 오월 푸른 날!

내 마음에는
연두물빛
푸르러 가는데

긴 세월 기다림

내 님
초록빛 무색케 하는 날!?

내 가슴에 연둣빛이
내 마음에 초록한 날
초록빛 무색케 한 이 날!?

O 잘 살펴 갑시다. 초록 무색한 날 아는 '나'
미소 ○ ○.

길
그 _( )_ 길 찾아서
어두운 온 산을 헤매고

길
그 _( )_ 길 찾아
넓은 뜰 샅샅이 뒤지며

길
그 _( )_ 길 찾아
걸어 걸어 온 길엔

길
그 _( )_ 길 찾음만
길 위에서 그리 찾는 세월

길, 늘 그곳에
길, 늘 그러하건만!!?

O 잘 살펴 갑시다. 찾는 길 아는 '나'
미소 길 따라 。

오월의 꽃, 장미 그 붉은 장미가 피었습니다
한 송이 오롯함이
새삼 신비롭게 느껴집니다

파란 하늘 끝에 살짝 얹혀
붉게 피어 햇살을 맞습니다
잎새 사이 빨갛게 피었습니다
푸른 잎새 입은 빨간 장미로!

빨간 장미는 그 빨감 모를 겁니다
빨갛게 피고도 그 빨감 모를 겁니다

빨갛게 핀 장미 한 송이
한 송이는 한 송이인 줄 모릅니다
그냥 그리 세월 따라 폈습니다
빨갛다 한 송이다 말없이!

그리, 그리!……

O 잘 살펴 갑시다. (.) 아는 '나'
미소 (.)

산골 마을 작은 암자
툇마루에
다리 꼬고 앉았습니다
살짝
눈 감고 세상 잊습니다

보이는 건
내 마음 흐름만
아롱지는 아지랑이
피어 날아 한없는 유행
어디 메고 어디 멘고…… 0 ……!?

툇마루 끝엔
주름진 끄떡임만
끄떡끄떡 끄떡임에
향기 찾아 날아든 벌 떼
웅웅 귓전에서 쉬는데

암자 하늘엔
파란 구름만 할 일 없이

오가는 한가함에
연두 비 내리는 한줄기
한가한 오월의 한낮

파란 구름 흘러
툇마루 홀로 앉았는데
비마 탄 마룡산(馬龍山) 손짓은
구지스님 한 손가락 짓?!
너울너울 한 너울 세움……

이 무슨 까닭인가?
이 무슨 연고인가??

◯ 잘 살펴서 갑시다. 알 수 없는 길 아는 '나'
미소 파란 구름.

동창이 밝았다고
푸른 솔숲들 노래합니다
아!
하는 마음이 절로 움직여
고운 소리 쫓아 푸른 숲에
노랗게 날아듭니다

푸른 솔 노란 향기는
꾸러기 잠 깨워
묵정밭 밭갈이
다랑논 써레질
푸르고 푸른 오월
꾀꼬리들 사뿐한 날갯짓!

어제의 오경 넘었기에
맑음이 해님 데려오려
동창이 밝아 옵니다
노랗고 맑은 아침
푸른 솔숲 사뿐한 사랑이 살짝 번져
모두가 부처님 아침입니다

오월 맑음엔 어린 부처님
오월 밝음엔 어버이 부처님
오월 맑고 밝은 스승 부처님
오월 푸름 타고 오신 님 석존
오월 이 아침 우리들 날
내가 우리인 아름다운 날!

모두여 행복합시다

◯ 잘 살펴 삽시다. 오월 맑음 알고 있는 '나'를
미소 함께.

오늘 흐르는 구름 보며
어제를 되새겨 봅니다
흐드러진 오월 향기가
첫 만남을 설레게 했던 날
찔레꽃 향기 향긋했던 날

처음이라 미지라
아름다운 찔레꽃
찔레 노란 꽃술 물고
청초롬 날아든 그날
손 그늘에 새겨 봅니다

내 하얀 찔레꽃
내 가슴에 날아든 어제
내 하얀 찔레꽃
내 마음 물고 날아간 오늘
내 하얀 추억의 그늘!

늘
그러하게

오며 갑니다
세월의 강
내 삶은 그렇게
그렇게 오니
그렇게 갑니다, 그렇게!

○ 잘 살펴 삽시다. 머물지 않는 세월 속 '나'
미소 찔레꽃

영해⁴ 누런 들판은
벼가 익은 것이 아니라
오월 보리가 익어서입니다
오월 밀이 익어서입니다

누런 황금 들판 보리 세상
누런 황금 들판 밀 세상
보리가 익었고 옆에서는 밀이 여무는
밀알 알알한 세상

향긋한 향기는 저 산자락 잡고 한달음에
보리 익는 마을에 옵니다
찔레꽃 하얀 향기는 한달음에
밀 익는 마을에 옵니다

밀 익어 곳간에 머물고
보리 익어 곳간에 쟁이니
오월 하늘 파랗습니다
파란 하늘엔 모심는 그림
모심는 논가 어제는 보리밭

어제는 밀밭이
오늘에는 모를 심는
오월 하얀 찔레 하얀 구름
하얀 잎 하얀빛 하늘 나는
영해 뜰, 황금 밀, 보리밭!

보리밭 오월의 황금
밀밭은 오월의 황금

O 잘 살펴 갑시다. 멈추지 않는 생각 아는 '나'
미소 황금.

4   경상북도 영덕군 영해면에 위치한 해안 평야

산골 마을 이 아침에는
뻐꾸기 소리가 뻐꾹뻐꾹
아침 도량 여는 소리

늦잠쟁이들
꾸러기 될까봐
목청 돋운 소리 뻐꾹뻐꾹

어제 일 피곤해
일어나기 싫어서 뒤척
잠자리에 묻혀서 뒹굴

아침 도량송
하늘 끝까지 닿는 소리
뻐꾹뻐꾹 목탁도 없이

이 아침 소리는
온 산골짝 메우는데
잠 녀석은 나 몰라라

뻐꾸기
아침 여는 도량송
무색해지는 무색!

물색도 무색
온갖 소리도 무색
무색한 이 아침 도량송!

O 잘 살펴 갑시다. 고향 가는 길 아는 '나'
미소 아침 열며.

백암산 정상에 올라
불지촌(佛地村) 굽어봅니다
굽이친 산줄기에는
올망졸망 맺혀 달린
이것저것 이 모양 저 모양들이
이어져, 이어져 있습니다

백암산 정상에
나 홀로 우뚝 섰습니다
아무도 없는 늦저녁 정상에서
나 혼자만이 홀로 낮달 보는 풍경
솔바람도 옆자리 서서 살짝 부는 홀로 청정

홀로 청정 그늘에는 저물어 빛나는 낮달
어스름 줄기에는 별들도 깜빡여 오는데
백암산 아래 불지촌에는
밤새울 어두움의 눈
뜰 흔드는 호롱불들

백암산 정상 초저녁에 홀로 서서

굽어보는 불지촌에
산줄기 열매는 한 백년
저무는 서녘 하늘 노을 붉은 건
동산이, 서산이 거기 있기에!

굽어본 불지촌
흔들리는 호롱불
바람이
지나가는 소식이라네
흔들리는 호롱불
흔들리는 마음이련가!?
흔들리는 마음이련가!?

○ 잘 살펴 갑시다. 그렇다고 아는 '나'
미소 미소로

밤 그늘지니
댓돌이 부릅니다
까만 밤
그늘이 정겨운지
댓돌이 부릅니다
좀 앉았다 가라고……

밤 그늘 까만데
댓돌은
한자리 내어놓고
앉아 쉬어 보랍니다
한낮
시름 내려놓으라며
훈풍 불러옵니다

온갖 시름 날려 보내려고
훈풍 소슬히 불어옵니다
낱낱이 낱낱함을 재우려
밤 그늘에 그리 봅니다
한 자리 댓돌은 그리 쉼을 줍니다

밤 그늘에는 별들도 쉽니다
깜빡깜빡 쉽니다 깜빡!

어두운 밤
그늘에 쉽니다
밤새도록
소쪽소쪽 쉽니다
목 쉬도록
밤 그늘 댓돌 위에서
그리, 그리 쉽니다
쉼 없이 쉽니다!?

O 잘 챙겨서 갑시다. **깜빡깜빡** 아는 '나'
미소 쉼에

한 발 한 발 오릅니다
오대산 적멸보궁 계단
한 계단 한 계단 한 계단
뛰어넘음 없이 차례차례
정연하게 놓여 있습니다

하나 이은 하나
하나 이은 둘
하나 이은 셋
몇 개나 이어졌는지
굽이굽이 돌아 오릅니다

한 계단 한 관세음
두 계단 두 번에 바름 관세음
세 계단 세 번의 옳음 관세음
네 계단 옳고 바름 '인(人)'?!
떨어지는 땀은 지옥 없애며

오름에 오른 적멸보궁
고요한 내 님 계신 곳

오롯한 내 님 계신 곳
고요히 텅 비어 보배로운 곳
내 님 그러하게 계신 곳!

오대산에는 적멸이
오대산에는 사바가
오대산에는 보배로움이
백암산 이어 달린 오대산
푸르름에 내 기다린 날
5월 21일 일요일!

○ 잘 살펴 갑시다. 오대산에는 오대(五臺)가 없음을 아는 '나'를!
미소 텅텅함에.

한송뜰 튼실한 소 한 마리
며칠째 시름시름 앓고 있습니다
이번 생엔 아픔이 없어 보인 튼실소
눈은 퀭하니 십리 길 따라 나서고
말은 매가리 없이 입만 달싹
몸이 아픈 것인지?
마음이 아픈 것인지?
몸과 맘이 아픈 것인지?!
아무튼 아픔과 사투 중……

바라보는 나도 아픔이
튼실소가 아픈데
내 맘에 아픔이 전해오고
옛 님들 말씀하시길
남산에 구름 이니
북산에 비가 온다더니
튼실소 아픔에
온 우주가 아픔을 압니다
온 우주인 한송뜰이 압니다
한 송이 튼실한 소

한송뜰에 핀 한 송이 꽃
우리인 너와 나도
한송뜰에 핀 한 송이 꽃들
그렇기에 튼실소 아픔이
우리들 아픔인 것입니다

모두여
쾌안(快安), 쾌안하소서

O 잘 살펴 갑시다. 분별없음 아는 '나'를
미소 함께 사는 세상.

자정을 넘어서니 모두가 집으로 가고
나 또한 집으로 갑니다
오늘 내 집은 암자 마당 끝
곱지는 않지만 앉을 만한 바위

내 길 찾아 날아든 새들 둥지로 돌아간 자리에는
물기 머금은 실안개 핍니다
이 어둠 이 고요 속에 앉아
마음 구석 뒤적이는데 이슬 기척 없이 찾아오고

마음 구석 뒤적임 아는 님을
실안개 감싸고 맺히는 속 맺혀 익어 뚝 떨굽니다
익어 본연의 자리로 뚝!
이슬 자리에는 짭조름함 뚜욱!

어둠은 새벽으로 가고 새벽 홀로 앉은 좌선 바위
바위는 차가워져 가고 바위 된 나도 차게 식어가는
자정 넘은 축시에 자연!

헛말 많은 사람들

잡생각 많은 사람들
내 잇속만 챙기는 사람들
이편저편 편 가르는 사람들
이 밤은 이리 흐르는데!

자연은 이리 말없이 자연은 천연스레 가는데
천연 자연은 무엇인가?
자연이 천연이고 우리인 것을
부질없는 사람들 편 가르기만

자연은 이리 천연한데
유독 사람들만 동과 서 남과 북 가르며 싸움만
어두운 밤 이리 고요함인데 부질없는 편 가르는 시름

좌선대에 홀로 앉아 내 님 찾아 깊은 속
한낮 더움이 이슬 져 어깨 위에 앉은 소식이란
이 뭣고?!······ 뚝 떨군 소식······

○ 잘 챙겨 갑시다. 반쪽 흘리지 말고 아는 '나'로
미소 천연한

쉼 없는 여정이라
노사나(몸)가 반란
몸이 반란을 일으키니
비로자나 쉼의 자리에
우리 튼실소 쉬어 갑니다

쉼은 쉼인데
쉬고 있다고 아는 '난'
쉴까요??
우리 튼실소
몸이 아플까요?
마음이 아플까요?

튼실소!
정말 아플까요?
뭣이 아플까요?
여기저기 다 찾아봐도
아픈 곳을 찾을 수 없습니다
아무것도 없습니다

하지만 아픕니다
없는데 아픕니다
무엇이 있어 아픔을 알까요?
아프다고 아는 '( )' 뭘까요?
샅샅이 분해해 보니 없는데

아픔의 실체는 없는데
무엇이 아플까요?
아는 무엇이 아플까요?
몸뚱이가 아플까요?
아무것도 없는데 무엇이
무엇이 아프다고 알까요?

⭕ 잘 살펴 갑시다. 그렇다고 아는 '무엇'
미소 ㅇㅇ.

오월 초길 오대산 적멸은
어느 곳에 있는가
적멸을 찾아 헤매는
설익어 풋풋한 딱딱함이

한 계단 오르며 헉헉
버겁다 겨워 겨운 심장
터질 듯한 심장엔 쉼을
한 계단 한 귀퉁이에 털석
내 님 심장에게 쉼을 줍니다

쉼에 헐떡헐떡 헉헉함이
스르르 내려 안정이 옵니다
흐르는 땀방울도 고향 가니
천근만근 짐 길섶에 내려놓고
다시 일어나 걷습니다

만행 시절
가뿐했던 걸음이
고향 산천 가까움에

무겁고 더딘 발걸음은
고향이 코앞이라 바쁜 마음일런가?

한 걸음 한 계단 헉헉……
토해 내는 숨 가쁨은
고향이 코앞이라
에두른 마음짓이 홀로
한 세월 이어가는 몸짓……

긴 세월 이어가는 소식!
일초직입 여래지 언제쯤?!

◯ 잘 살펴 갑시다. 고향 가는 길 아는 '나'
미소 내 그리움.

내 길 그 길 그리 가는데
길가에 예쁜 아이가 웁니다
우는 아이 시름에 겨운 아이
그 아이에게 예쁜 꽃 한 송이와
붓 주고 하얀 종이 주고 물감 주고
예쁜 꽃 그려 보라고, 예쁘게 그리면
마음도 예뻐지고 시름도 사라진다고
한 아이에게, 두 아이에게, 세 아이에게
그림을 그리게 했습니다

예쁜 아이 예쁜 꽃 그리며
해맑은 예쁜 님 되었습니다
한 수행자 가는 길에 한 송이
한 송이들 어여삐 뜰에 핍니다
어여쁨 되어 가는 길 여리지길!

뜰이란 펼쳐져 막힘이 없는 것
한 송이란 우리인 개인 개인이며
한송뜰이란 넓게 펼쳐진 우주
막힘없는 우주는 한 송이 뜰

그 한송뜰에 나와 네가 핍니다

예쁜 꽃 그리며 마음도 그리라고
찢어지고 태우면 타버리는 종이
그 종이에 그림 아닌 영원한 마음
그 마음 그리라고 민화장 열었고
이젠 모두가 예쁜 해맑은 모습이라
낸 이제 수행자 본연의 모습으로 길 걸어갑니다

잠시 멈춘 걸음 다시 가다듬어
내 오롯한 수행길 접어듭니다

잠시 예쁜 아이들께 예쁨 심어 주고
나 홀로 수행길 여법히 가렵니다
여법한 길 그 길 그리 갑니다
길 걸음에 멋진 벗들이여
늘 행복하소서
늘 행복하소서!

O 잘 갑니다. 홀로 길에 물들지 않고 아는 '나' 부여잡고
미소 늘 함으로

?……!……

○ 잘 살펴봅시다.
바르게 사는지를 옳음의 길인지를 그렇다고 아는 '나'로
미소 항상한.

늘 한 날!

늘 한결같은 마음!

늘 한결같이!

늘 행복 만들어!

늘 행복하소서!!!

○ 잘 살펴봅시다. 왜곡하지 않도록 아는 '나'
미소 바름에.

내가 있는 곳
내가 서 있는 곳
텅 빈 한 하늘

텅 빈 한 하늘에는
홀로 우뚝한 이들
홀로 우뚝하려는 키재기

네가 크고
내가 자라며
우리들로 이름한 하늘

한 하늘이
한 허공이고
한 허공은 각자 홀로 최고

홀로 최고 되려면
비바람도 햇빛도
모두가 함께한 내 길

내 길에는

네가 있고 내가 있는

우린 한 하늘 한 우리!

O 잘 살펴 갑시다. 소소영영 아는 '나'

미소 문수보살。

옛 신라 도읍
예 그러했듯이
오늘도 변함없이
동녘이 붉어 옵니다

날이야 이리 밝아 오는데
옛 성은 간 데 없고
옛 사람 옛 모습 아니네
하얀 찔레꽃 닮은 아침

하얀 자리의 봄엔
옛 신라 도읍 바라보는
토함산 뚫는 붉은 아침
천년 변함없는 석굴암에는

석굴암 천년의 미소가
옛 님 원효의 무애가(無碍歌)가
너울너울 몸짓으로
하얀 자리 하얗게

무애가 그 노랫소리가
무애가 그 춤사위가
무애가 그 표주박이
하얀 영양제로 똑똑
떨어져 흘러든 시간
한세월 노래 짓은 얼쑤!!?

O 잘 살펴봅시다. 흐름에 길 여울 아는 '나'
미소 천년에

창문 넘어 먼 산이 아우른 건
비단 같은 나무 숲
푸르른 숲이 마음에
평화를 안겨 옵니다

눈에 보이는 숲이 주는 안정감
아무런 조건 없이
평화라는 선물을 줍니다
아무런 생각 없는!

그냥 바라봄
바라봄이 쉼입니다
똑똑 떨어지는 수액은
작은 관을 통해 이어진
혈관을 타고 흐르고

똑똑 떨굶이 한 줄기 흐름에 빨갛게
수액은 혈액이 됩니다
어디서 와서 어디로 흐르는지
흘러 스밈은 흔적 없이

흔적 없는 곳에서 왔다가
흔적 없는 곳으로 갔습니다
'나'라고 했던 인연의 소치
한 방울의 혈액 소멸이란
무에서 무로 휘적휘적……

유리창 넘어 평화로운 숲
그 숲에는 모든 삶 움직임
만상의 삶이 바삐 돌아
지극히 평화로움이 된 숲
그 속의 움직임 정연?!

⭘ 잘 챙겨 갑시다. '일체유심조'란 걸
미소 일체유심조

4장

불기 2561년 ✤ 여름

끝이다

시작이다

그 자리에는 여윈 바 없는

오롯한 한자리 나

한껏 핀

지는 바 없는 피는 바 없는 불멸꽃

불멸꽃인 나인 내들

불멸꽃인 우리들 나

지는 것이 시작인 걸

피는 것이 끝인 걸

끝이 새로움인 걸

새로움이 익숙함인 걸

쉼의 특실이, 쉼의 독실이
쉼의 한가한 실이
밀려오는 그리움이 문 열고 옵니다

아는 '나' 부여안고 한 걸음에 밀고 옵니다
밀고 오니 하나입니다
분리된 하나 한마음
한마음 은산철벽 그리!

은산철벽 걷어 내고 뛰어듭니다
뜀 없는 몸짓은 맘짓마저
마저 맘짓, 몸짓 텅함에

간절함은 텅
진실함에 텅
텅 텅
텅텅 멍텅구리 우린?!

○ 잘 살펴 갑시다. 은산철벽 아는 '나'
미소 진실한

지금
이 순간 멈추지 않고
과거로 갑니다

과거
또한 멈춤 없이
미래로 갑니다

미래
또한 멈추지 않고
현재로 옵니다

한순간도
머물지 않는 세월
한생각이
과거 현재 미래입니다

O 잘 다스려 갑시다.
한생각 옳고 바르게 그렇다고 아는 '나'로
미소 흐름에.

먹구름 번개 치고
천둥 울리며 요란스레
한바탕 쓸고 간 자리
긴 밤 재 넘은 아침

파란 하늘이 해맑게
신선한 향기 뿌린 아침
어제 우박 상처가
오늘은 해맑은 미소입니다

숲을 자유로이 나는 새들
비 지나갔다고 비오새 울고
뻐꾸기 한 목청 돋우는 틈
물총새 활공은 예술

자연이 그리는 그림
흔적 없이 그리 그립니다
흐르는 그림 유채화
깊게 한숨으로 오고

한숨 깊은 맑음은
숲과 내가 한 몸이라
가슴속 쾌청한 날
우린 이런 날

이런 날이 우럽니다
온갖 생동이 우럽니다
번뇌가 보리라 했듯이
삶의 역동이 우럽니다

행복이란
스스로가 만들어
스스로가 받는 게 이치
진리입니다

○ 잘 챙겨 삽시다. 어둠에 머물지 말고 아는 '나' 챙겨서……
미소 멋짐에 ●

맑은 한 방울의 물
그 한 방울의 물을
소가 마시면 우유를
뱀이 마시면 독을
만든다 하셨습니다
법구경 말씀입니다

이와 같이
맑은 한 방울의 물
어떤 생각을 가지고
사느냐에 따라
맑은 물 작용이 다릅니다

바른 이는 바름을 만들고
악한 이는 악함을 만들며
이간하는 이는 이간을
남을 속이는 사기꾼은
삿된 사기를 만듭니다

맑은 물 한 방울

그 맑음이 맑을 수 있도록
우리 맑고 청정하게
밝고 환하게
향기로운 세상 만들어 갑시다
내 한생각이
나의 미래를 만듭니다
오늘은 옳고 바름의 뜻인
관세음이 되어 봅시다
각자 자기가 관세음입니다

나무 관세음보살

◯ 잘 살펴서 갑시다.
독도 약이 될 수 있다는 것을 아는 '나'를
미소 늘 함에.

해질녘 차창 밖 풍경
오월 푸른 하늘 아래
황금물결이던 보리밭
유월 초 돌아오지 않는
강 따라 일렁여 간 자리

살랑이는 물결 위에 아무런 자취도 없이
줄지어선 모들, 한 모 한 모는 한 배미
줄지어 늘어선 한 삶

저 강 따라 과거로 간 보리, 밀은 모를 겁니다
밀, 보리 지나간 자리에 푸른 어린모 심겨질 줄
갓 심겨진 여린 모도
황금 보리가 지나간 자린 줄 모를 겁니다

너른 한 벌판, 한 배미
한 배미 논에 어린모는
기름 먹는 소가 하루 종일
동분 서분 오가며 심어 놓고
심겨진 풍경이란 삐악삐악

줄지어 나란히 선 해질녘

내 님도 내 여리게 심어
비틀한 몸짓이 곧게 곧게

한 여름 지나 가을 향하는
폭풍우 맞으며 후줄근히
익어 익어 가는 낸
가을 향하는 긴 벌판 풍경

풍경 울려오는 긴 뜰
한없어라 끝이 없어라
내 님 품어 익혀 가는 길엔
늘 한 님 내 길에 마중 나온
내 님 늘 한 내 님만
반겨 맞는 길 여리지!
　　'길'

O 잘 살펴 갑시다. 심겨지는 모 아는 '나'
미소 정진에 ●

긴 밤 홀로 법당에 앉아
긴 여정을 봅니다
흘러온 길도 끝없고
가야 할 길도 끝없습니다
그런 여정이라
그냥 이 순간에 있습니다
어찌할 바 없이
그냥 있습니다

어두운 밤 밝히는 촛불
촛불도 그냥 제 할 일
제 한 몸 불태우는 환함
촛불도 제 할 일 하여
어느 님들 염원의 빛이
그리 그렇게 태워집니다
어두운 마음 한 자루 초에 담아
작은 촛불로 님 전에 켭니다
어두운 마음 이리 밝히겠노라고……

어두운 마음 작은 촛불에 담아

이 세상 환히 밝히는 촛불이고파
한 자루 촛불 태웁니다
님 따르고파 옛 님 전에
작은 초 한 자루에
큰 염원 담아 사루옵니다
어두운 밤 밝히는 촛불로
작은 염원 크게 밝히옵니다

온 길 긴 여정
갈 길 또한 긴 여정
긴 여정은
지금 여기 이 자리!?

○ 잘 살펴 갑시다.
무엇에도 속지 말고 아는 '나' 부여잡고
미소 그러하게.

뎅!
이 소리 어디에서 오는가?
뎅!
이 한울림 어디에서 오기에!
뎅!
복닥거리는 번뇌 망상 재우는지!
뎅!
긴 울림 긴 여로인 가슴에!……

채동희
허공 날갯짓에
맑은 물 퍼다가
고운 흙 파다가
주물주물 부어 만든 소리
범종사에서 울려
시름겨운 내게까지
잔잔히 울려와 여리지길 여는

범종
범종 소리 되어 내게 온 길

채동희 한걸음 가없음에
빚어, 빚어 만든 한소리
에밀레종인들 이와 같으리
채동희 종 울려오는 새벽길
실안개 멈춰서 한소리에
푹 잠긴 한 새벽!

채동희
종
종 종소리……

○ 잘 챙겨 갑시다. 흐름의 시간 아는 '나'로
미소 한소리 ●

옛 님 계신 불전에
맑은 물 올리는 까닭은!
밝은 촛불 올리는 까닭은!
향기로운 향 태워 올리는 까닭은!

속진에 물듦 맑히기 위함이고
우치한 어두운 마음 밝히기 위해서고
향기롭지 못함 향기로워지고자
불전에 지극한 마음 올리옴인데

맑은 물 한 그릇에 탐심을
밝은 불 한 자루에 진심을
향기로운 향 한 자루에 치심을
탐 · 진 · 치 삼독 공양이 아닌
탐 · 진 · 치 여읜 공양 올리옵길……

두 손 모아 한마음에 간절히

우리들 가는 길에 맑음이
우리들 가는 길에 밝음이

우리들 가는 길에 향기로움이
우리들 함께하는 길 맑음, 밝음, 향기로움
가득하길 기원합니다

모두여 우린 하나이기에 모두임을
서로 돕고 서로 의지하는
우리 하나인 한송이랍니다

우리 가는 길에는 너와 내가 공존하는 우리
우린 늘 그러하게 사는 삶, 삶에는 우리들입니다

모두를 위한
맑고, 밝게, 향기롭게
옛 님이신 불전에 지극한
우리의 염원 올리옵니다
완전에 이르길 염원합니다

O 잘 살펴 삽시다. 홀로 가는 우리임을 아는 '나'로
미소 마주함.

참!
참이 그리 어려운 건지
참!
참 이루기 그리 어려운 건지
참!
솔직하면 될 텐데
뭘 그리 숨기는지
숨긴다고 없어지지 않는데
뭘 그리 감추려 하는지

더러운 대지 위에
하얀 눈 덮여 새하얘도
눈 녹으면 고스란히 드러나는 걸
개똥은 개똥 대로
소똥은 소똥 대로
금강석은 금강석 대로
비취는 비취인 대로
소소영영하거늘
뭘 그리
애써 감추려 하는지

솔직 담백한 게 여리지인데
진솔한 게 참사람인데
참!이 부처(진인)인데
참!
참!
참이 온전한 그 자리인데……

접시꽃 담장에 기대어
어여삐 피어올라
이 아침 맑음을 머금어
청초함 이러한데……

O 잘 살펴 갑시다.
눈 녹은 뒤 그러함을 알고 아는 '나' 더럽히지 말고
미소 진솔한

아침이 참 싱그럽습니다
이 아침은 이리 싱그러운데
이 아침은 싱그러움 모릅니다
그냥 그럴 뿐!

싱그러움 아는 놈
그놈이 싱그럽다
그놈이 맑다
그놈이 귀찮다
그놈이 싫다
그놈이 좋다
이러쿵저러쿵
온통 난리 법석입니다

온통 시끄럽습니다
아는 그 '무엇'이 요술단지라 제멋대로
제 마음 내키는 대로 야단스럽습니다

조그마한 것이 눈앞을 가려도
제멋대로 생각 지어 소설 씁니다

귀가 조금 안 들려도 제멋대로 듣고 말합니다
실상 그대로 못 보고 왜곡되어 돌아갑니다

그 아는 '놈' 잘 다스려
바로 보는 님
바로 듣는 님
옳음으로 가는 여리지
그 길의 벗들이길
다시 한 번 기원하는
싱그러운 이 아침입니다

태풍이 지나간 자리
남긴 건
싱그러운 이 아침----

○ 늘 행복 지읍시다. 내 길 감을 아는 '나'로
미소 우린 ●

바람이 몹시 붑니다
오리나무 휘어질 듯
작은 가지 바람 따른 몸부림

소나무 바람 가지 잡고
비 부릅니다
꿋꿋이 뿌리내린 등걸

이 바람은 서핑 바람
세상 막힘 뚫는 바람
머물러 숨 막힐까

흔들며 지나갑니다
고인물 썩어 가듯
내 고임 흘려 붑니다

겨운 듯 겹지만
작은 가지 튼튼 근육
바람결에 다집니다

마음 한 자락 마음에 묻고
마음속에 키웁니다
요동치는 생각 재우며

마음 그러하게
마음 그렇게
마음 그리 흐릅니다

○ 잘 살펴 갑시다. 안다고 하는 '나'를
미소 미소로.

초저녁
달빛 타고 내게로
밤꽃 향기 달려옵니다
빠른 걸음 홀 날아서
코끝 위에 앉습니다

향기는 암자 마당에
긴 나래 펴 퍼져 쉽니다
쉼에 숨소리 향기로운 건
가을날 지킬 약속이랍니다
알알한 약속이 향기로 번져

번져 진 향기
길게 늘인
느지 끝에 매어 놓고
맴도는 하늘가 마당 끝
바위는 향기 삼매에 쿨~향

밤꽃 길어진 건
아직 가을이 멀기 때문

느지 느지 늘여 가을 더 먼
먼 길 가을 길
태풍 오는 여름 지나야 나오고

가을 오면
우수수 떨어질 향기 알알
짜르르 흐르는 윤기는
오뉴월 머금었기 때문일지라
초저녁 달빛도 부서져 내린
유월 상순 토요일 초저녁!

O 잘 살펴 갑시다. 밤꽃 향기 아는 '나'
미소 밤꽃처럼

잠에서 깨어난 해
햇살 지어 오니
동산
서산 그늘 지우고
산천 그려지는 그림
잠이 덜 깬 눈 비빔

산 눈꺼풀이 무거워
뜰 듯 말 듯 시름을
잠깬 장끼 꿩꿩 산천 깨우는데
햇살 지어 밝게 웃는 아침

아침에만 볼 수 있는 풍경
처마 끝에 풍경도 나도 풍경이라고
댕그랑 댕그랑
지붕 밑에 사는 참새 가족
깨워 깨웁니다

풀풀한 날갯짓 아침
풀풀 풀 만상의 삶이

처마 밑 토방에 앉은
삶을 진 저린 삶의 군상 수제비
하나 둘 떠져 가는 아침

아침
아, 일어나라고
침, 잠에서 깨어나라고
산까치 울림 울리고
장끼 온 산천 흔드는
맑게 밝음으로 비춰 온 아침

'아침'
어서 어서 어둠에서
깊은 잠에서 깨어나라고
살짝살짝 짓는 어둠에서
어서어서 깨어나라고
산천 울려오는 만상 얼굴

○ 잘 살펴 갑시다. 영원한 자신을 그렇다고 아는 '나'로
미소 지으며.

봄, 풋풋했던 그 봄은
멈춤 없이 과거로 갔습니다

봄, 겨울 따라 말없이 과거로 가면
겨울 그 자리 물고 미래로 갑니다

유월 초여름 지금
초여름은 가을 향한
미래로 흐르고, 흐름에
봄 보낸 현재로 올 겁니다

한여름도 한 발 한 발 옵니다
지금이란 이 순간 밟고 한 여름으로 옵니다

봄 가니 여름 오고 여름 가면 가을 올 겁니다
가을 가면 겨울 옵니다
겨울 가면 봄 다시 옵니다
온 봄이 제 할 일 다 하면 초여름 다시 옵니다

돌고 도는 계절

돌고 도는 우주
돌고 돈다고 아는
알고 있는 그 마음
그 마음 잘 다스려 돕시다

도는 고리 속에 매인 우리
고리 속 넘은 등피안 우리
바로 보는(관)
옳고 바른 세상사(세)
바로 듣는(음)
자기 마음 관찰, 자기 관세음!

금강경
과거심 불가득
현재심 불가득
미래심 불가득

◯ 잘 챙겨 갑시다. 이렇게 잘 아는 '나'로
미소 흐름에 ●

조용히
눈 감아 봅니다
보이는 건 깜깜함뿐!

감은 눈엔
아무것도
보이지 않으면 좋으련만

감은 눈엔
생각이 보여 주는
보임이 그려집니다

눈 감았지만
조용하지 않습니다
생각이 멈추질 않기에

시시각각
그려 내는 생각은 끝없는
예부터 미래 끝까지입니다

멈춤 없이
잘 흘러갑니다
눈 감았는데 생각 구름이

생각
여읜 그 자리는 선정?!
생각 오롯함 여리지?!

소소영영…… 감은 눈!?

O 잘 살펴 삽시다.
말끝에 쫓아가지 말고 그렇다고 아는 '나'로
미소 후훗.

도솔봉 오르려니
한 발자국 내딛기 어렵네
발자국 딛는 자리 그들의 집
한 생명 오롯한 보금자리
내 발자국 딛는 그 자리
미래 부처님들 사는 집
비록 삶의 차원 다를지라도

도솔봉 오르려니
숨쉬기 어렵네
한 숨 쉴 때마다 그들의 집
오롯한 생명 일시에 무너지는
내 숨 한 번 쉬는 그 자리
무한 생명들 사는 집
비록 삶의 차원 다를지라도

무위산 도솔봉 올라서니
한 번 숨조차 쉴 틈 없는데
한 발자국인들 찍을 손가
그저 그러할 뿐!

그저 그러하게 오갈 뿐!
무위산 도솔봉, 무위 도솔이니

내 부질없음만 그저
흰 구름 속 오가며
뿌리는 하얀 삶 찌꺼기
하얀 삶 하얗게 맑은
도솔봉 올라 하얀 미소
밤꽃처럼 긴 여운
밤꽃 향기처럼 긴 향기

　　그저?!……

○ 잘 챙겨 갑시다. 흐르는 세월 아는 '나'
미소 흐름에

'자경문'

달빛

오르내려 늙음을 재촉하고

햇빛

들락날락 세월 가네

명예와 재물은 아침이슬 같고

괴로움과 영화는 저녁연기 같네

간절히

여리지길 원하노니

어서어서

부처 되어 용화세상 만들고

이 생에

이 말 따라 닦지 않으면

오는 생에

어김없이 한탄하는 생이리!

○ 잘 챙겨 갑시다.
지금 이 순간 놓치지 말고 그렇다고 아는 '나'로
미소 천년의.

해, 붉게 서산 넘더니
어두운 밤 꼬박 지새워
해, 붉게 동산 넘어 옵니다
붉게 지고 붉게 뜨는 님, 하늘 나라 해님
붉게 지고 붉게 뜨는 님 따른
하늘 나라 지구별 우리

하늘 나라 해
하늘 나라 달
하늘 나라 지구

우린 이리 하늘 나라 별
하늘 나라 반짝이는 별
우린 별, 반짝 반짝 별
뜨고 지는 하늘 나라 별

우린 하늘 나라 여읜 적 없는
하늘 나라 별들…… 우린!

O 잘 챙겨 갑시다. 우리가 별이란 걸 아는 '나'
미소 아름답게.

한 걸음한 지가 어느새
한 갑자 지나 두 갑자로
주름진 얼굴에는
세월의 흔적 고운 그림
초롱초롱한 눈망울 걸음
초롱초롱함이 두 갑자 걸음인

세월 이야기야 많겠지만
다 잊혀져 가는 강나루
다 저물어 가는 강나루에
흔들리는 잎새 바람 불러
뗏목 태워 저편 나루에
바람 뗏목 태워 은하수로

별강 건넌 은하수
금빛 흐름 별들의 눈
여울지는 두 갑자 길
길동무에는 바람 소리가
길동무란 심향이
은하수 갈무리 져 갑니다

내 안의 은하수

현현히 흐르는 두 갑자 길

한 걸음이 시초

한 마음이 초심

한 허공이 나툼

0. 1. 2. 3……

……3. 2. 1. 0 한 걸음 길

O 잘 살펴 갑시다. 머무는 바 없는 마음 아는 '나'
미소 완숙함에.

맑음도 내게서 나오고
밝음도 내게서 나온다
향기로운 향기 내가 만들어
이 세상 맑고 밝게 향기로운
내 세상 내가 만드는데

나란 작은 울타리 작은 집
너란 작은 울타리 작은 집
나와 너란 울타리는 어울림 집
너와 나란 울타리는 우리들 집
이 세상 하나 된 한송뜰 집

광활한 우리들 집, 한송뜰
송이송이 한 송이들 우리
내 어여쁜 꽃이어라
내 예쁜 한 송이 꽃이어라
한송뜰에 핀 한 송이들
한 송이는 우리여라, 우리!

모였다 흩어지는 백운

흩어졌다 모이는 백운

한 조각 구름도 한송뜰

한 발자국 떠난 일 없는

늘 어우러진 한송뜰(우주)

우린 그러하다네

그러하게 우린 우리라네!

O 잘 챙겨서 갑시다. 나뉨 없는 우리를 아는 '나'
미소 염화.

힘겹게
마룽산 오르는 구름
촉촉한 땀
풀잎에 맺힌 한 방울
대롱대롱 아침이슬이

하짓날 동틈에
맑음을 낳은 영롱은
햇살 받아 맺힘에 빛이
영롱히
빈 가슴 울리는 엠!

구름 아이
한 이슬 영롱히
빈 내 가슴 스며
영롱한 엠
아침 한나절 애상

유월
하지절 아침

알알이 익은 감자
모락모락 푹 익힌 가마솥

구름
마룡산 넘는 등피안
하짓날
감자 알알이 익는 아침!

O 잘 살펴 갑시다. 하지 절기 아는 '나'
미소 하늘한.

허공에서
생겨난 허공꽃이여!

너
피었어도 그 자리 허공

너
졌어도 그 자리 허공

너 피었어도
허공 늘어난 적 없고

너 졌어도
허공 줄어든 적 없고

너
생겨난 너

생김 없는 참너!

나
생겨난 나

생김 없는 참나!

늘 그러하게
그러하네……!……, 우린!?

O 잘 챙겨 갑시다. 너와 나 그 자리 아는 '나'
미소 환히.

밤이 깊어 두레박으로
퍼내기 어려우나

한 바가지 퍼다
야심함 우린 차
눈썹달
어둠 파리하게 밝히며

오월 그믐 오기 전
눈썹달
야심함 다린
차 한 잔 옛 님께

한 잔에
스스로 맑음을
한 잔에
스스로 밝음을
한 잔에
스스로 지혜를
우려 우린 차

밤 이슥해 내린 밤안개
한 잔 차로 스스로 향기로운

한 잔의 차엔
야심함 가득히
눈썹달
마실 나온 그믐 가는 길

밤 깊어 퍼내다 퍼내다
달, 실눈썹으로
음력 오월 그믐 가는 길!

밤
깊어 그믐 길
달
빛 감추는 그믐 길!?

〇 잘 살펴 갑시다. 어둠 속 내린 달빛 아는 '나'
미소 눈썹달처럼.

스멀스멀
화가 올라옵니다
살살 올라오는
화 낚으러 갑니다

낚싯대
바르게 보는 관음
낚싯줄
바르게 듣는 관음
낚싯바늘
옳고 바름에 관세음
낚싯봉
바로 보고 듣는 내 관세음

스멀스멀 하려다
움찔하는 화
찾아도 찾아도 없는 화
어디서 생겨나는지
생겼다간 어디로 가는지
동해 바다 고요란

한순간 멈춤 없는 일렁임

고요해
숨조차 없는 고요
일렁여 멈춤 없음
한시도 머묾 없음이
고요한 고요여라
일렁임 바로 보는 고요
일렁임 바로 듣는 고요
고요란
고요해 일렁이는 속……

O 잘 살펴 갑시다. 한시도 멈춤 없음 아는 '나'
미소 고요한

참스러운 날
날마다, 날마다 참인 날
거짓 없는 참살이
하루하루가 그런 날
매 순간순간이 그런 날

비가 오면 비오는 대로 참날
눈 오면 눈 오는 대로 참날
맑아 쾌청해도 쾌청한 참날
날마다 날마다 참스러운 날
시끄러운 건 지어내는 내 맘

이거다 저거다 편파 아닌
오면 오는 대로, 가면 가는 대로
그러하게 아름다운 날
늘 그러한 날들……

찔레꽃 하얗게 가고 장미 빨갛게 흐드러진 날
장미 빨갛게 가면 개망초 하얗게 오고
개망초 그리 가면 칡 보랏빛 피우며 올 날

늘 그러하게 그러한 날
날마다 참스러운 날
날마다 참인 날
순간 꽃으로 피어, 순간을 따르는 피고 짐

찰나 꽃
순간의 꽃
틈의 꽃
피고 지는 꽃
늘 홀로 피고 지는 꽃

지면 피고, 피면 지는 꽃
날마다 그러하게 참스러운 날
찰나가 그러한 찰나
순간이 이러한 순간!

참! 참! 참!

○ 잘 챙겨 갑시다. 머묾 없는 찰나 아는 '나'
미소 순간의 ●

해는 집으로 가고
산비탈 진 앞 다랑논에는
어두워 앞다툰 악머구리[5]
밤이라 저리 들끓습니다
봄부터 저리 들끓습니다

온 산천 뒤흔드는 소리, 작은 몸에서 큰 울림은
개구리 하나하나가 악머구리 된 울림들
세상사 이런 악머구리는 아닌지

아름답고 고운 울림만 세상사 울렸으면
날마다 올리는 축원은
모두여 아름다운 님 되소서!
모두여 참된 님 되소서!
이 세상 평화 올 수 있도록!

똑딱똑딱, 또르르똑 또르르똑
애꿎은 목탁만 때리며 이어 하는 말
모두여 행복하소서!
옳고 바른 이 둥글어 아니 계신 곳 없는

관세음보살 부르며 이어 하는 말
모두여 지복(至福) 이루소서!

너와 나 여읜 행복
너와 나 이룬 행복
너와 나 공한 행복을
유생무생
모두여 행복 이루소서!

우리 모두 아름다운 세상
아름다워 평화로운 세상
우리 그런 세상 만듭시다
관세음보살로
우리 그리 그렇게!

O 잘 살펴 갑시다. 지복 아는 '나'
미소 아름다운.

5　참개구리를 이르는 말로 개구리가 한데 모여 시끄럽게 우는 것을 뜻하기도 한다.

잿빛 하늘에 살짝 머금은 물기
저만한 물기로는 빗줄기 내리기는 어렵고
어디서 물 흠뻑 머금은 구름 아이 데려올까
타들어 가는 목마름 바싹바싹 말라 가는데
유월 비는 어디 가고 초목들 저리 태우는지

구름 아이야
물 잔뜩 마시고 오렴
애타는 아이들 타는 시름 벗어나
활기찬 우리 되도록, 푸름이 푸르르게
구름아
동해 바다 한입에 마시고 오렴
우리 함께 잘 갈 수 있도록

무정한 잿빛 구름이여
무정으로 와 내리소서
무정이라 맑은 물 곱게 곱게 흘리소서
우산일랑 접을 테니 걱정일랑 접고 내리소서
비오새도 붉은 옷 입고 님 부르는
비쪼르르 비쪼르르

비여 쪼르르 오시게나
님 향한 비오새 붉은 날갯짓 비쪼르르

풀풀한 날갯짓에는
잿빛 구름 흠뻑 적셔 님 향해 납니다
푹 쉬며 푹 젖으소서
푹 마셔 무겁거들랑 저 들판에 흩뿌리소서
저 산에 흩뿌리소서
목마른 이들께 흩뿌리소서
님이시여!

O 잘 살펴 갑시다. 소소영영 아는 '나'
미소 비오새 ₒ

일심동체
내 님(나)과 나는 일심동체
나와 나는 한마음 한 몸
가없는 날
내 님과 난
늘 한마음 한 몸
한시도
헤어진 적 없는 일심동체

그리, 그리 길
한평생 길 한마음 한 몸
늘
애절한 그리움만
푸른 하늘 맴돌아
길 걸음
길모퉁이 휘어갑니다

꾀꼬린
노란 마음 노란 하늘 날아
노란 새(세)상 극락왕생

즐거움이 날아든 세상
꾀꼬린
노랑이 그의 멋 새상

한송뜰 안
바라본 봄 일심동체
한송뜰 밖
바로 본 봄 한마음 한 몸
한송뜰
안팎은 한마음 한 몸
우린 늘
한마음 한 몸 한송뜰인(人)!

O 잘 살펴 삽시다. 한마음 한 몸 아는 '나'로
O 미소 한 웃음.

어디로 가야 할까
윤오월 나를 찾아
이른 아침 길 나섭니다
초롱초롱 영롱 이슬길
길섶엔 한 잎 한 끝 앞선 안개가
없는 길 애써 길 만들며 지납니다

나를 찾아 나선 길
영롱한 이슬도 집 찾아든 한낮
햇살이 길동무로
길 찾는 이 마름 되는
마른 긴 마른장마
간절히 마음 샘 찾는 길
흐름 길에는 없어라 '나는'

찾는 내는 어디쯤에
해 한낮 넘어 서녘 가는데
난 '내' 그림자도 못 보고
해지는 저쪽 붉은 노을만
하염없는 눈시울에

붉은 노을 삼키는 까만
밤 까맣게 까맣게 타면
한입 토해 낸 붉음 찡끗

나를 찾아 나선 길
긴 날, 길 긴 여정
난 어디 가고 빈 하늘만
공허한 마음 허공 길손
저 멀리 고향이 손짓
겨운 그리움 겨워 우는
'나' 찾는 윤오월 나그네

○ 잘 살펴 삽시다. 내 안의 나 찾는 '나'
미소 날 찾는.

진리는
말이 없다
모양도 없다
거짓도 없다
진실도 없다
더러움도 없다
깨끗함도 없다
늘어남도 없다
줄어듦도 없다

진리에는
말이 있다
모양도 있다
거짓도 있다
진실도 있다
더러움도 있다
깨끗함도 있다
늘어남도 있다
줄어듦도 있다

완전함에는

'있다'를 여읜 '나'

'없다'를 여읜 '나'

'있다, 없다'를 여읜 '나'

'여읜'이라는 말도 여읜

완전한 여읨이 진리!

우리가 공존하는 그 자리

무엇이라

이름할 수 없는 (＿)!……

O 잘 살펴 갑시다. 맑고 맑은 신령한 '나'

미소 맑음에 ●

파랑에 가려진 아침
까마귀 떼 깍깍 깍
자기들 노래합니다

남이야 알아듣든 말든
날갯짓에 한 마디 깍깍악
옆에 앉은 친구도 까악깍
까만 날개 동백기름 바르고
길 없는 길 날아듭니다

회향 항로 그리는 것은
오직 까마귀 마음에 있습니다
어디로 갈 건지도 그때그때
오직 까마귀 마음입니다
헤맴도 까마귀 마음이구요

무엇을 택하든
까마귀 앉아 날개를 쉬는 곳도
날개를 펴 나는 것도 오직 까마귀만 합니다

칠월 초하루 토요일
이른 아침 까마귀가 열어
잿빛 하늘 비 부릅니다
비오새 어디 가고
까마귀가 비 부르는 아침
칠월 초하루 아침

모두여 행복하소서
내만의 행복으로 충만하여
남의 마음도 행복하게 하소서
우리 모두는 삼계(三界)의 한 몸
늘 지복의 길 한마음에!

O 잘 챙겨 갑시다. 내가 이 세상에서 제일 존귀함을 아는 '나'를
O 미소 늘 푸른。

칠월 초이틀 바람이 비를 머금고
저 멀리서 내게 날아옵니다
촉촉한 얼굴로 포근함 안고 옵니다

촉촉한 얼굴이 하얀 내 가슴 비비며
그리 그리던 비 머금어
이 아침 바람이 옵니다
상큼 시원한 깨침에
잠은 동녘 하늘 훨훨 납니다

한철인지 까마귀 떼도
미소 지으며 나는 이 아침
모처럼 시원스런 창공
하늘이야 잿빛이지만
그래도 시원합니다
비 머금은 바람이 스치니
이리 시원합니다

O 잘 챙겨 갑시다. 이렇게 잘 아는 '나'
미소 시원스레 ●

원추리꽃이
예쁘게 핀 아침입니다
필 때가 되니
피지 말래도 핍니다

원추리도 제 할 일
이렇게 하는데
우리들도 저마다 할 일
이렇게 할 텐데
욕심 떠난 순수 할 일을……

오늘도 행복 지어
늘 행복한 님들 되소서
행복을 지어야
행복이 옵니다
모두여 지복에 이르소서

O 잘 챙겨 갑시다. 늘 한 마음을 아는 '나'로
미소 행복한.

산중이라
산새 소리 물소리 바람 소리
가득히 넘쳐 나는 은하
간간히 불어오는 바람에
솔향기 솔솔 날아옵니다

무엇을 위해 사는지
왜 이리 사는지
고달픈 바람 소리 휭
달려오는 솔향기
마당 맴돌아든 저녁나절

앞집 빈 굴뚝에는
한여름 꿉꿉함 연기 되어
하늘 나라 꿈꾸는 저녁
옛적에는 저녁 짓는 연기인데
지금은 빈 연기만 폴폴

빈 굴뚝
빈 연기가

빈 하늘 나는
여름 저녁 허공 속
빈틈에 낀
빈 '난' 저녁 짓는 빈

빈 속
빈 뜰
빈 허공
빈 하늘 한송뜰
우리 모여 이룬 빈 뜰!

⭕ 모두여 잘 살펴 갑시다. 빈 하늘 빈 허공 아는 '나'
미소 맑게 밝게.

옅게 피는 구름 산 넘어 고향 가는 소식
해넘이 산 고개 새들 고단한 날갯짓 훨훨 훨

그리운 고향에는 그리운 내 님이
그려 그리움 맞으랴
뜬눈 샌 하얀 저녁 초승달
졸려 실개눈 된 초승달

실개눈 눈썹달 손톱에 가려 손톱달
달이야 그대로인데
가려진 그림에 보이는 그림들이 그리 가슴 닿고

그림자에 먹히고 남은 그림만 저리
초승달 되어 내 가슴에 고향 소식 전해 주는 달

실구름 옅게 피는 유월 어느 날에 일기
맑은 하늘 밝은 해 산 넘고
초승달, 가는 해 배웅 나온 길
초승달 배웅은 별들이 오는데

해야 그대로인데
달이야 그대로인데
별들도 그대로인데
'나'야 그대로인데
가려진 그림자 놀이

그림자 놀이 울고 웃는 날
그림자 넘은 한송뜰
이러히 여여한데
한송뜰 고향 소식 이러히
탕탕한 한송뜰 이러한데

○ 잘 챙겨 삽시다. 여울짐을 아는 '나'로
미소 늘 그러하게 ●

둥글고 둥글다 하는 성품
그 성품 속에는
너도 있고 나도 있네
미진수 그 끝에 맺힌 우리
하나하나가 모인 둥

작은 하나가 너이고
작은 하나가 나이네
네가 있으므로
내가 있음을 알고
서로서로 이어진 둥

우린 그런 하나
우리 그런 모인 하나
나에게서 우주로
너에게서 우주로
우린 그런 둥근 하나
우리스러운 우리들

옛말에 독불장군 없다고

장졸들 없는 장군은 없다
하나하나가 모인 우리
하나하나가 모여 대한민국
하나하나가 모여 지구가
하나하나가 모인 둥이네

오늘은 둥글어
둥이 퍽 그리운 날
이러한데……
군이 그리운 날!

O 잘 살펴 갑시다. 가시넝쿨에 걸리지 말고 아는 '나' 꼭 잡고
미소 둥글게.

안개가 자욱이
온 세상 싸안는 이른 아침
부지런한 새들 숲속 깨우고
부지런한 기름 먹는 소
달달달 일 찾아 갑니다

안개 속이라 보이진 않지만
들려오는 소리는 귓전에다
나야, 나란 말이야 합니다

내가 사는 작은 마을
여긴 새들의 고향
온갖 잡새들이 다 모여 삽니다
주홍부리 비오새
앞산 도솔봉에 있다고 비쪼르르
노란 꾀꼬리
마당가 노송에 있다고 꾀꼬르르
늙은 밤나무 죽은 가지에는
딱따구리 예 있다고 딱따구르르
암자 처마 밑

참새 질세라 쩍쩍쩍
저 산 너머 산비둘기 구구국 구구꾹
안개 품에 안겨 들 제 소리로
고운 노래 고운 말 전합니다

저 들판의 삶이 이리 아름다운 아침
늦잠에 꾸러기 꿈속 헤매며
허우적허우적 길 잃는 꿈
꿈속 길은 안개 나라
자욱한 안개에 묻힌 잠
잠깨어 어서 가자
미망에서 깨어 어서 가자
무지에서 깨어나 어서어서
이른 아침 안개 속 훤히
나의 삶 나의 길 오롯이!

O 잘 살펴 갑시다. 머뭇머뭇하지 않는 '나'로
미소 미망 벗는.

05시 50분,
동산 마루가 붉어 옵니다
매일매일 다른 붉음들
붉음 뿜는 안녕에
저 멀리 붉은 장닭이
반겨 맞는 꼬끼오
한 번 부름에 조금씩
커가는 이른 새벽……

한 줄기 한 빛으로 그린 아침
동녘 바다 붉게 오고
낸
내 님들 찾아가는 붉음
늘
05시 50분 타오릅니다
늘 한 사랑 안고
늘 한 내 님들께 붉은 인사
늘 행복에 이르소서!

어김없이 오늘도 05시 50분이라

어느새 손가락 익어

글자판 노닐어 님들께

옳고 바름에 관세음으로

님들 찾는 아침

바로 보고 바로 듣는 관세음

님들 찾는 이 아침

그리 그리 바름에

그리 그리 옳음에

우리 모두 이르길 염원

이 아침

님들의 참사랑(존귀)

늘 염원하는 매일

05시 50분!

◯ 잘 살펴 삽시다. 내가 네가 하나인 세상 아는 '나'로
미소 늘 그러하게.

새벽 살며시 왔기에
잠은 뒤로 내동댕이치고
스르르 문 열고 마당에 나왔습니다

바람결 시원스러움이
어릴 적 엄마 손길 같습니다
결결이 고운 손길 따스해
눈감아 바람결 결 맞습니다
참 감미로운 시원함

음,
마음껏 결 지어 오는 바람에
늙은 작은 몸 맡겨 봅니다
잠시도 앉음 없이 그냥
그냥 그리 스쳐가는 결 바람

잠도 결 지어 밤 따르니
결 지어 온 바람도 저리
시원한 결 스쳐 그냥 갑니다
아무런 말없이 저리

세상 이치 내게 남기고······

이치란 이런 것 훅 불어
불어온 이른 새벽 입맞춤
볼 발그레 물드는 아침노을
아침노을 따라 내 볼도 발그레
진리 따른 결, 바람 지어 납니다

진리 찾는 나도 결 지어 아침 하늘 납니다
청량한 바람에 결 지어서 훨훨 푸른 하늘 납니다
꼿꼿한 앉음새는 바위 되어

꼿꼿이 앉음에는 부동이라
꼿꼿이 낢에는 부동이라
결 바람 시원한 아침결
부동이라 결 따른 난
예부터 부동이라 한다네!?

○ 잘 살펴 봅시다. 마음 구석구석 아는 '나'로
○ 미소 푸른 하늘。

저 허공이 말합니다
나는 다 안다고
내 품의 일 속속들이 안다고
다 알다 못해 아무것도 모른다고
모름이야 모르겠지만
난 다 안다고……

말이야 입이 없어 못하지만
내 품에 일 샅샅이 안다고
안들 뭐하며 모른들 뭐하리까
저 하늘에는 먹구름 비 먹고 오는데
비 먹은 구름 바람이 비바람 되면
울컥울컥 토해 낼 텐데……

말이야 입이 없어 못하지만
내 품의 일 낱낱이 아는데
알았으니 침묵
몰랐으니 입 다묾
저 허공에는 비 흘려 가는 구름이
새하얀 흰 구름 몽실몽실 바람과

파란 하늘 가을 소풍 갈 텐데……

저 허공
저 하늘 쉼 없는 마당놀이
한마디 말 없는 무언극
한 장막 흐르면
또 한 장막이 흐르는
내 품에 연극은 참극이라
지어 만든 연극에는 배역이
참이치 극에는 자연스러움이
흘러 흐르는 사
세상 일 이리 틈 없는 틈!

O 잘 살펴 삽시다. 모름도 앎이란 걸 아는 '나'로
미소 흐름에.

한 조각
먹구름 지나간 자리
촉촉이
적셔진 대지 위엔
새로움이
싹터 오겠지요

비록
아침 햇살은 구름 속에 있어도
그 밝음이
어디 가겠습니까
비록
진실이 거짓에 가려도
그 참이야
어디 가겠습니까

그렇듯
거짓이 거짓에 가려도
그 거짓이야
어디 가겠습니까

저 하늘이 머금고 있는데
그 본바탕이야 어디 갈까요
그리, 그리 덮여 있을 뿐
본바탕 어디 안 간답니다

거짓은
거짓 되어 내게로
진실은
진실 되어 내게로
그리 오며 갑니다
참살이
우리 그 참살이 삽시다

◯ 잘 챙겨 갑시다. 늘 한 나 아는 '내'로
미소 참미소로.

빨갛게
흐드러졌던 장미꽃
흐드러지게 피었다
흐드러지게 졌습니다

마당이 온통 빨갛게 꽃잎 꽃잎으로
흐드러지게 떨어져 핀
장미꽃 마무리 지은 붉음

떨어져 쌓인 잎이
대지에 새로운 꽃 같습니다
이파리 하나가 떨어져 피고
또 한 잎이 떨어져 핀 대지의 이파리 꽃

졌다고 이름함이 무색하리만큼 흐드러진
장미 마지막 꽃이 되어
따스한 대지에 핀 것 같습니다

졌다고 하기엔 너무 붉은
졌다고 하기엔 물기 통통한

붉은 장미 잎이 떨어져 쌓인
마당에는 새로움 시작입니다

지는 것이 시작인 걸
피는 것이 끝인 걸
끝이 새로움인 걸
새로움이 익숙함인 걸

끝이다
시작이다
그 자리에는 여읜 바 없는
오롯한 한자리 '나'!

한껏 핀
지는 바 없는, 피는 바 없는 불멸꽃
불멸꽃인 나인 '내'들
불멸꽃인 우리들 '나'!

○ 잘 살펴 갑시다. 삶이 속임에 들지 않게 그렇다고 아는 '나'로
미소 불멸의.

한결같은 날들
오늘도
그 한결이 한결같이
상큼하게 밝아 옵니다

여름밤
피곤한 잠이 에둘러
긴 여행 떠나는 뒷모습
어슴푸레하니 갑니다

상큼한
아침에 소임 주고
떠나는 모습은 어슴푸레
맑은 아침 낳고 떠났습니다

아침 아기는
청량한 울림들
예서, 제서 울려옵니다
동녘 튼 이 아침 주려고

어두운 밤
긴 열대야 넘어
새벽 열고 왔습니다
아, 하는 상큼함으로!

복들입니다
초복은 가고
중복을 향하는 날
모두여 행복하소서

O 잘 챙겨 갑시다. 삼복도 건강하게 잘 아는 '나'로
미소 늘 함.

삼복 뜰이라 긴 여름밤
밤이 얼마나 길기에
새벽 지나 아침 해 떠오른 이 시간
서쪽 하늘가 서쪽 푸른 소나무 한 가지에
하얀 낮달이 삼복길 가다가다
더위에 지쳤는지 하얗게 반쪽 되어 미소 짓네요

하얀 미소에는 여름밤 이야기가
하얀 얼굴에는 여름날 긴 이야기가
노랗게 피었다가 긴 여름 더위 식히려
저리 하얗게 아침 맞으며 서쪽으로 달려갑니다

늦은 저녁
헐레벌떡 노랑으로 오려고
저리 늦장 부리는지
푸른 소나무에
하얗게 걸려서 웃고 있네요
이 아침
싱그러움 보고 가려는지
까만 밤

하얗게 지새움도 모자라
푸른 하늘에 누워
아침 햇살 오지마라 하는 듯
하얀 미소는
초롱초롱한 눈빛으로
푸른 하늘 맑은 아침 된
뒹굴던 노란 보름달
이 아침 반쪽 하얀 달이……

꾀꼬리도
청아한 한소리 보태며
가지 말라 합니다
아침 햇살 밝게 비춰 오는데

O 잘 챙겨 갑시다. 삼복더위 아는 '나'
미소 상큼하게.

그제 아침 하얗던 반달
간밤에는 검은 구름 이불 덮고
푹 자느라 이 아침에 코빼기도 안 보입니다

요란한 천둥소리에도
깨어남 없이 쿨쿨하는지
번쩍번쩍 번갯불에도
눈 하나 깜짝 없는 깜깜

그제 아침 하얗던 아침 낮달
늦장부리며 삼경에 오려나 했더니
먹구름 속에서 푹 자나 봅니다

번쩍이는 번개도 아랑곳없이
한낮 불볕더위에 지쳐
어젯밤엔 쿨쿨했나 봅니다

능소화는 마당가에 서서
불볕더위에 하얗게 반쪽이 된 하얀 반달
목 늘여 기다린 긴 여름밤

능소화도 지난밤 빨갛게 지샌 건
하얀 낮달이 더위 먹었을까봐

하얀 아이 하얀 달
천둥 번개 속에도
그리 그리다 빨갛게
빨갛게 지새워 아침이

아침도
능소화 그리움 아는지
한 방울 한 방울
뚝뚝 흘리며 웁니다

O 잘 살펴 갑시다. 이렇게 소소영영 아는 '나'
미소 그리움。

날이 밝았다고
모두들 아침인사 합니다

제각기 제 목소리로 안녕합니다

제각기 제 말들로 하는 인사를 보면

세상 옳고 바름이 정확합니다

내게 닥쳐 온 일들 옳고 바름의 관세음
옳고 바른 관세음보살

세상 이리 한 치 오차 없이 돌아갑니다

한 치 오차 없이 도는 인생사
한 치 오차 없도록 잘 지어 내 인생길 갑시다

좀 바보처럼 배려하는 삶으로
한 치의 오차 없도록

흠뻑 젖은 삶으로
흠뻑흠뻑 젖어 모두가 촉촉하도록

함께 하나인 우리들 세상
하나하나가 모인 우리 별
한마음으로 빛이 됩시다

서로 돕고 서로 위하는
그런 세상 만들어 갑시다

모두는 혼자에서 비롯된 것
개별이 모여 이룬 한마음 한 몸

서로서로 하나인 나로
난 이 세상 작은 일원입니다
그리 알고 함께 니르바나로!

○ 잘 챙겨 갑시다.
작은 하나가 큰 하나의 세포라는 것을 아는 '나'를
미소 함께인 ●

03시 30분
뒤척이다, 뒤척이다 든 잠이라
일어나라, 일어나라 울리는 알람이 퍽 귀찮습니다

앵앵거리는 모기소리 만큼이나
신경 쓰여 귀찮습니다
몸이 피곤해서인지, 아는 내가 피곤한 건지
둘 다 피곤한지 그랬습니다

암튼 울리는 알람 귀찮아
귀 막고 모른 체해 봅니다
일어나라 깨우는 알람도
한번 해보자 울립니다
일어나 알람 끌 때까지
울리고 마는 고집쟁이

알람도 더위 먹은 듯 고집스레 깨우는 새벽
잠은 미혹이라고 미망에서 어서 깨어나라고
저리 흔들어 깨웁니다
참 고마운 친굽니다

진정한 친굽니다
밥만 주면 단 하루도 어기는 일 없이 깨웁니다
잠도 밤도 깨워 저 지남의 강으로 보냅니다

알람 등살에 못 이겨 눈 비벼 일어나
어질어질 비척비척
아직 어둠이 남아서일까?
아님 몸이 부실해서일까?
아님 마음이 모자라서일까?

알람 등살에 못 이겨 겨우 깨어난 잠
새벽 바람이 몰고 갑니다
너울너울 동해 바다로 씻어
이내 상큼해진 마음, 맑은 아침으로 휴휴

О 잘 살펴 갑시다. 뭉그적대는 게으름 훤히 아는 '나'로
미소 휴휴 ●

처마 끝 토방에 걸터앉아
살며시 눈 감아 봅니다
뜬 눈으로 샌 밤 어찌 알았는지
실바람 감미롭게 안아 줍니다

어느 님의 품이 이리 감미로울까요
어느 님의 마음이 이리 시원할까요
후덥지근하게, 몽롱하게 지샌 밤을
실바람이 감미로움으로……

지그시 감은 눈
실바람이 살갑게 와선
이리 살라 합니다
이리 감미롭게 살라 합니다
지친 몸 청아하게 살라 합니다
지친 맘 청량하게 살라 합니다

정유년 삼복 뜰
처마 끝에 앉아 맞은 새벽
긴 밤 꼬박 지새움이

이리 청량한 자연이옵니다
이리 청아한 자연이옵니다
자연스레 자연이 된 새벽

이 새벽이 나일 줄이야!?
내가 이 새벽일 줄이야!
내가 청량한 새벽일 줄이야!
내가 청아한 새벽일 줄이야!
이 새벽이 나일 줄이야!?

이 새벽 처마 끝에 달랑한 '나'
달랑달랑 뎅그렁 뎅그렁
낸 내 울림
가슴에 품어 서쪽 하늘!

O 잘 챙겨 갑시다. 한시도 머묾 없는 나를 아는 '내'로
미소에는 지복이 ●

여명이 한 발 한 발
먼동 걷으며 옵니다
난
툇마루에 이슬 안고
비스듬히 팔 베고 누워
윤오월
스물엿새 하늘 봅니다
새벽 하늘에는
하얀 분칠한 손톱달
등 돌리고 누워 있네요

우리인 내가
한입씩 베어 먹어
눈썹만큼만 남았는지
아니
우리인 내게
가려져 실눈 되어
실개눈으로 나를 봅니다

실개눈에는

하얌이 있습니다
까만 밤도
하얗게 새워가며
하얀 아침 만듭니다
하얀 하늘
실개눈 뜬 손톱달
저가 나이기에
한가슴에 콕 박힙니다

하얀 손톱달
윤오월 스물엿새 아침
못내 아쉬움은
까맣게 까만 그믐달 될까봐
저리
하얗게 한 눈 실개눈으로
한 부처 되어 갑니다
한 부처 서쪽 하늘 아미타불……

○ 잘 살펴 갑시다. 가는 세월 이리 아는 '나'
미소 한 그늘。

깊은 골
높은 곳에
낙락장송 됨은
한 세월
묵묵함에서 비롯되었고

깊은 맘
높은 맘
낙락사람은
한 세월
잠잠함 먹고 살았음이네

깊은 골
높은 곳에
낙락함은 홀로 자존이
한 세월
묵묵한 한 걸음
'한'

깊어

깊은 맘
깊다
높다 말없음이라

한없는 세월
구름 구름 낙락장송 벗
한가히 오고 감에 초연히
묵묵한 자연 노래

한 세월 나는, 구름 구름에 홀로
우뚝함에는 오고가는 님들 그러하게
솔솔한 노래 한 소절이……

늘,
늘 함이 늘
늘 한 사랑 노래 소리
한 세상 울려, 울려 퍼진 날
늘 한 그날!?……

O 잘 살펴 삽시다. 늘 한 내 아는 '나'로
미소 늘 한.

2561. 07. 21. 금요일

소슬한
한 줄기 바람 불어옵니다
긴 밤 내내
소슬함 만드느라 꼬박한
꼬박함이
이 아침 한송뜰 한 편을
소슬히 지나갑니다

잠시 쉴 틈도 없이
그냥 그렇게
소슬히 왔다가 갑니다
밤새워
소슬히 식힌 한 줄기들
한 줄기
맑은 바람 어느 님 마음인지
한송뜰
한 그늘 지워 스쳐 갑니다

이 아침 소슬함은
동해 바다 심연이 보내온

소슬 소슬 소슬바람
어제 땡볕 잊게 합니다
오늘도
땡볕 벼르고 있는 듯
아침노을 붉게 물드는데……

O 잘 챙겨 갑시다. 소슬함 아는 '나'
미소 맑은

길
길 있기에
길을 나섭니다

옳고
바름의 길
옛 님이 일러 주신 길

옳고
바름의 관세음 뇌며
이어진 길 갑니다

한없이
이어져 이은 길
쌩쌩 날아갑니다

칠월 넷째 주 토요일
내 기다리는 님들께
휙 날아 날아갔습니다

옳고
바름을 향하는 님들께
한달음에 한숨에 갔습니다

옛길 이은 길
옛 님 따르고자 모인 님들께
옛 이음 안고 그리 갔습니다

우리 모두가 하나인 우주인 것을
자각하는 내 님이 우주란 걸

우리 서로 알고 알아서 상생하자고
다짐하러 먼 길 나섰습니다

내가 우주란 걸
우리가 우주란 걸
익히 너와 내가 하나란 걸!

○ 잘 챙겨 갑시다. 우주인 내를 아는 '나'
미소 한마음에.

능소화 한 송이
하얀 하늘에 피었습니다
재작년에
송이를 만공에 심었는데
만공에
한 송이 활짝 피었습니다

여름 한 날
푸르름 안고 붉게 피어
한 날 여름밤
한 밤 여름날 지새웁니다
한 날
한 날 능소화 기다림이……

만공에서는
한 송이 능소화 기다림은
하얀 낮달 따른 환지본처
환지본처에는
아름다운 마무리 아미타불
나무아미타불 환지본처!……

만공에 핀 헛것
헛것 한 송이 능소화
본지풍광 만공에는
능소화 한 송이 핀 헛날
허공에 헛꽃 능소화
능소화 이러하게 핀 날'!'

○ 잘 살펴 갑시다. 능소화라 아는 '나'
미소 본지풍광.

안개비가 폭염을 삭혀 시원히
타는 시름, 타는 갈증 풀어 줍니다

간밤 하늘의 은하수
한 바가지 듬뿍 퍼 왔는지

촉촉한 물기
마른 볼에 배여
한결 생기로운 아침 아이들

한 모금
한 생기 돋워
한낮 폭염 대비하는
안개비 내리는 새벽

한'이'
한'인' 우리들
나풀한 날갯짓 이는
한송뜰 한 주인들

주가 나이고
객이 너이며
네가 볼 땐 네가 주고
내가 객이 되는
우린 그런 한바탕인(人)

그런 한바탕 우리
서로 돕고 서로 의지한
우린 그런 한 우주
우린 그런 한송인들
안개비 촉촉한 한송뜰에

○ 잘 살펴 삽시다. 내가 너와 한 우주란 걸 아는 '나' 자각하며
미소 촉촉이.

살다보면
이런 저런 일 있기 마련

숱한 날들 속에
숱한 이야기가 만들어지겠죠

때로는 즐거울 때도
때로는 괴로울 때도 있기 마련

즐거움도 내 것
괴로움도 내가 감내할 것

우린
우리가 짊어지고 가야 할
이런 저런 일들이
이미 만들어져 짐이 되어
기다리고 있기에
그 짐 고스란히 지고 갑니다

즐거움도 괴로움도

내가 감내해야 하는 일들
그럼을 알고 묵묵히 가다 보면
무엇에도 초연한 '이'
그런 우리 되어 가겠죠
서로서로 상부상조하는
우린 우리니까요
우린 한송뜰(우주)이니까요

모두여 행복합시다

○ 잘 살펴 갑시다. 내가 우리란 걸 아는 '나'
미소 늘 한 •

유행(遊行)
돌고 돌아가는 별들
별들이 돌기에
별인 나도 돕니다
별들이 돌기에
별인 너도 돕니다
한송뜰인
넓은 우주를 우린 돕니다

그렇게
봄 여름 가을 겨울 돕니다

봄이 돌아오면
겨울 돌아가고
여름 돌아오면
봄이 돌아가며
가을 돌아오면
여름 돌아갑니다
겨울이 돌아오면
가을도 또 돌아갑니다

텅 빈 허공을
우린 그런 모양들 이뤄
돌고 돌는 유전(유행)별
한순간 한생각이 우리들 삶입니다
한생각이 옳고 발라야
내 삶이 옳고 바릅니다

바른 삶들이 행복입니다
함께하는 참행복입니다
남과 내가 공존하는 큰 하나
우주(한송뜰)입니다
내가 한송뜰(우주)입니다
네가 우주(한송뜰)입니다

우린 이와 같이 일심동체
한마음 한 몸이 한송뜰입니다

O 잘 살펴 갑시다. 전도몽상 되지 말고(아는 '나' 꽉 부여잡고)
미소 환하게.

아침 하늘에는
흰 구름 몇 조각이
유유히 노닐며
맑은 햇살 반깁니다

맑고 파란 하늘
장마가 지나갔다고
저렇게 얘기하네요
가을 하늘처럼 샛맑음을

늘
우는 장닭 소리도
가을날 맑은 이슬같이
한 아침 이야기

고향 찾아간 줄 알았던
꾀꼬리도 청아하게 한소리
산까치도 반겨 웁니다
맑은 하늘 푸른 아침을

세월 이야기
이리 신선한데
우리들 이야기 이리
신선하게 한송뜰 울려옵니다

이 아침
한송뜰 이야기가
맑게 퍼지고
님들 잠에서 깨어난 아침!

O 잘 챙겨 갑시다. 이러히 맑음 아는 '나'
미소 하늘하게 ●

달음질치듯이 내달리는 세월에
멍해지는 아침입니다
칠월도 하순인 이십팔일
삼일 후면 정유년 칠월도
돌아오지 않을 곳으로 갑니다

정유년 초 새해라고 호들갑 떨며 맞았는데
유난스러운 윤달을 넘고
회오리 친 날들이 칠월 넘어 팔월로
줄행랑치듯 달려갑니다

세월의 무상 가슴 한 편을 잡습니다
저린 듯 저며 오는 가슴에는
무상한 내 계절의 이야기
콕콕히 박히며 지납니다
새벽 맑은 하늘 은하수로……

길게 늘인 은하수에는
물 한 방울 없는데
저리 별강이 되어 흐릅니다

반짝이는 별은 은하수 물결이 되어
밤빛 받아 반짝이는 흐름

새벽 찬 이슬은 은하수가 내린 실낱 자락
실낱같은 한 줄기 실안개는
장삼 자락 휘돌아 촉촉이 어깨 위에 앉습니다
새벽 먼동 트기 전 살포시

가는 칠월 못내 아쉬워
긴 밤 새우는 여정을
은하수 별강도 아는 듯이
한 자락 온 산 휘돌아 내게
풋풋한 입맞춤 은하수
칠월 보내는 마음 이러히!

O 잘 챙겨 갑시다. 흐르는 세월 아는 '나'
미소 촉촉이

밤새워 내리는 빗소리에 설친 잠
새벽녘에 잠시 깜박 잠들었습니다

꿈속에서도 비는 하염없이 내리는데
05시 40분
꿈속 꿈에 문자 작성합니다

새벽잠은 푹 단잠으로 쿨쿨
꿈속에는 밤새운 빗줄기로
한 장르의 글을 짓는 속에

탁하며 깨우는 잠
부스스 잠에 취한 채 먼저
휴대폰 손에 잡습니다
약속 어길까봐 폰부터……

약속은 어기면 안 되니
약속은 꼭 지켜야 하기에
나랑 나랑 약속이며
내가 님들께 한 약속이기에

어떠함에도
어기지 않으려 무한 정성
님들께 문자로 매일 축원
매일 축원 빼먹지 않으려고
나름 최선 다합니다

오늘 님들이시여
행복하시옵소서
무한 행복하시옵소서
이 정성
다하여 축수합니다

○ 늘 잘 살펴 갑시다. 아는 '나'로 이탈하지 않게
미소 꿈속에서도

하염없이 퍼 일어나는 생각 속에
잠시도 쉼 없이 돌아가는 번뇌

잠시도 쉴 틈 없는 생각들
생각이 어지러워 현기증
생각이 바르면 니르바나'인(人)'

잠시도 쉼 없는 세월
무엇에도 흔들림 없는 '나'
흔들림 없는 마음 정각(正覺)이라

잠시도 쉴 새 없는 생각
생각 생각에는 흐림이 덮이고
흐림 속에는 헤매고 헤맴만

잠시도 놓치지 않는 '나'
생각 생각이 깊은 '나'
맑음 고요히 흐르는 세상

잠시도 멈추지 않는 세월

생각이 깊어 고요하면
호호탕탕 멈춤 없는 '내' 세상

옳고 바름의 '나' 이렇고 이러한데
굳이 너니 나니 무슨 소용

네가 있기에 내가 있고
내가 있으므로 네가 있는 속
우린 화합한 일합상(一合相) 우리!

서로 위하며 사는 세상
서로가 하나인 '나'
한 허공 한송뜰이 '나'인

매일이 이런 날
순간이 이런 '너'
찰나가 이런 '나'
우린 이런 참스러운 '나'!

○ 잘 살펴 갑시다. 한시도 쉼 없는 '나'
미소 늘 한 。

우린 늘 꿈을 꾼다

잠 속에서 꾼 꿈은
잠 깨고 나면 사라진다
몽롱 속에 꾼 꿈은 헛꿈
잠이야 깨고 나면 현실
잠 속에서 꿈 쫓는 무지
무지 속 우리는 꿈속 사람
꿈속에는 헛것들 허깨비

현실에서도 꿈을 꾼다
미래 설계하며 지향하는
꿈 쫓아 여기저기
이 말 저 말 만들며 쫓아가며
그리 바쁘게 살아간다
왜? 사는지 알지 못하고……

욕심
가죽부대에 꾹꾹 채워
가죽부대 찢어지고

업은 나부껴 늪 만든다
늪이 늪인 줄도 모르고
한 발 한 발 푹푹 빠져만 간다

내 길
오롯한 길
늪가에 오롯이 있는데
한 치 앞 모른 나들
그리 욕심 쫓는 일상 모르며
꿈속 헤맨다

오늘은 깨어납시다
무지인 꿈에서

O 잘 살펴 갑시다. 아는 '나'로 내 인생을
미소 꿈 깬.

요즘에는
밤이 깊으면
내 작은 토굴 향연이
삼경이면
누구랄 것도 없이 찾는 님들
온통이
향연의 주역들 꾸역꾸역
바다 바다 이룹니다

그 야심한 삼경에
한 놀이패들 마당놀이
빼곡히 모여든 님들은
한덩이로 뒹굴며 백의족
까만 어둠은 하얗게 질려
하얀 구름바다 이룹니다
삼복들 삼경이면
은하수 하얀 안개 낳아
이름은 구름바다로 짓고
세상 평정에 나갑니다

삼경 지나 새벽이면

내 작은 토굴은 둥둥

구름 위에 하늘배 띄워

서쪽 나라 아미타불

아미타불 동녘 나라

삼경이라 한밤중에는

안개 태어나 바다 이루어

환지본처 아미타불

아미타불 본지풍광

본지풍광 삼경 넘는

삼경 안개는 아미타불…… 새벽!

○ 잘 살펴 갑시다. 홀로 청정함 아는 '나'
미소 꽃.

한밤
하도 깊어 가늠하기 어려워
큰 국자
밤하늘에서 빌려다가
푹푹
퍼내고 퍼내니 한 샛별

샛별 하나
뚝 떠서 첫새벽 밝히니
놀란
장닭 첫 깨움 목청껏
하얀 달
동쪽 먼 초효 길……에

처음 가는 길
설어 선 길에는
길 친구 없으매
홀로 홀로 가는 길

나 같은 길벗

나보다 나은 길벗
그런 길벗이면
홀로 길 다정하리

저렇게 묻고
이러히 답하며
하하 호호 여여한
고요한 웃음 한바탕?!

◯ 잘 챙겨 갑시다. 그렇다고 아는 '나'
미소 고요한

힘겨운 날갯짓!
누가, 누가 저리 힘겹게 날까?
쌕쌕한 숨소리만
어두운 밤 쉬며, 숨 쉬는데!
누구의 날개가 저리 고단한 걸까?

투두둑 육중한 몸이
버거운 듯 나는 날개 소리
내 마음마저 무겁습니다

누굴까
누가 저리 이 아침 투박하게 날까?
마당가 작은 연못에 날아든 날갯짓 님
잿빛 오리 한 마리 날개 쉬어 가려 앉습니다

둔탁한 날개 쉬려고
물옥잠 사이 비집고 물위에 앉아 봅니다
한 마리 물오리가
삶의 한끝 내보이며 이렇게 살라 합니다
고단하면 쉬어 가라고

아침이면 맑아 허공은 청량한데
잠 깨어 이 맑음 마시며 이리 살라 합니다

내 작은 연못에 날아든
한 마리 오리가 초롱초롱한
눈으로 바라봅니다
내가 무섭지 않은지
저리 무심히 보며
은연 마음짓은
이리 쉬라 합니다
날개 고단하거든 이리······

'오리 삶이
날아들고 날아가는데······
어설픈 내 맘이 분주히
이런저런 마음 일으킨 아침'

○ 잘 챙겨 갑시다. 매 순간 둔탁한 몸 아는 '나'를
미소 후훗.

일렁이는
마음 따라 한길 나섭니다
나섬에는
나부껴 오는 파도
파랗게 멍이, 멍이 푸른

하얀 부서짐이
파랗게 멍든 푸른 남자
그 푸름
푸른 눈 벽안(碧眼)이 되는 날
마음 일렁여 텅 텅한!

텅 빈 마음
푸른 눈 형형 벽안
길섶에 숨어 푸른
푸른 관음 벽안 관세음
푸른 해조음, 관음조

❍ 잘 살펴 갑시다. 벽안 될 님 아는 '나'
미소 벽안。

아무것도 없는 하늘
아무것도 없기에 품는 것은 모두
잘났거나 못났거나 이유 불문
그냥 품어 돌아가는 저 하늘

하늘 한 자락이 나고 너이네
그런 우린 한 허공

허공에는 선(線)이 없고
허공인 하늘에는 틈이 없는
하나로 이루어진 허공

우린 그런 하늘 속 사람
우린 그런 한 우주 한송인(人)
하늘 땅 내가 주인공이라
한송뜰 이끌어 가는 '내'들
내 있기에 모든 것 존재하네
그런 나 홀로 존귀라 하네

미소 늘 한.

눅눅함에 쌀도 습기를 먹어
꺼멓게 변색이 되고
냄새 변질 되었지만
한 끼 공양 족합니다

바가지에 물을 붓고
박박 문지름에
쌀알 알알들이 부딪혀
곰팡이 씻깁니다
으깨며 씻긴 깨끗한 쌀
한 끼 공양 준비합니다

때 묻은 쌀들
서로 비비며 씻기듯
우리도 그리 서로 보며
서로 씻겨 가는 인생사
내 홀로 가는 길이라지만
우린 늘 함께입니다
우린 함께인 삶입니다
함께라 홀로 청청합니다

한길 함께 가는 길벗

우리 어울림의 인생 삶

웃으며 한번 길 삽시다

웃음 속엔 생기 솟고

근심도 웃으면 행복으로

걱정도 미소에는 니르바나

우리 그리 삽시다

웃으며 웃으면서 함께……

늘 사랑(존중)합니다

모두를 늘 한 이가 늘……

○ 잘 챙겨 갑시다. 웃음에는 젊음 아는 '나'

미소 늘 한.

2561. 08. 07. **월요일**

헐떡거리던 숨
잠시 쉬어 봅니다

천천히
내가 내
숨소리를 가늠하며
조용히
내 숨
마음의 눈으로
따라갑니다

숨은 천천히
콧속 시원히 들어가고
숨은 천천히
따뜻하게 데워져서
돌아 나옵니다

숨은 들어갔어도
머문 곳 없고
숨은 되돌아 나와도

638 ● 모두가 꽃이다 ✿ 봄봄

머무는 바 없습니다

머물지 않는 숨
숨!
숨이란 것도 숨은 모릅니다
그냥 그리 살 뿐
그리 제 삶 살 뿐
그냥 그리 틈 없을 뿐

숨 가쁨
좀 쉬어 갑시다
일 하기 바쁘고
마실 다니기 바쁘고
얘기하기 바쁜 숨
일에 힘겨워 바쁜 숨
숨 한 번쯤 조용히 지켜 줍시다
하루 한 번쯤……

○ 잘 챙겨 갑시다. 함께 공존하는 걸 아는 '나'
미소 참!

손오공인들 알랴
흰 구름
바다에 노니는 마음

축시
부스스 눈 열고
한 발은 구름에 얹고
머리는 한 손에 얹고
흰 구름 위에 지어진 누각
내 작은 암자, 암자 '나'

까만 축시
요술쟁이들
요술놀이 시간
운해의 뱃놀이 피고
구름바다 궁전 짓고
땅이여
하늘이여 환이어라

한여름 밤

피어나는 물안개
한새벽
한가득 하나로 잇는
한 방울
물이 승천하는 축시
안개
하얀 구름 바다 이룬
한 구름
만공에 피었어라

하나가
'하나'가 된 '하나'
난 이러한 날
넌 그러한 날
우린 이러한 날에!

O 잘 살펴 갑시다. 한 구름 아는 '나'
미소 발그레.

번뇌 망상
밝은 대낮에는 마구
일이라는 일에 일어납니다
일에 이는 번뇌 망상
'나'들 늘 시끄러운 순간사(事)

순간의 삶
늘 시끄러워서
시끄러운 줄도 모르고
즐겁다
슬프다
괴롭다
행복하다 시끄러움 이는 날

찰나의 삶이
한낮에는 욱일승천 모습
쉴 새 없이 일고 이는 찰나
무엇이 있어
이리들 일고 일어나는지?!
아는 내는 알는지?!

밤 이슥하니

모두가 고요히 선정에 들고

선정 저 편에는 깨움의 죽비

소쪽!

소쪽! 소쪽쪽 두견책진(杜鵑策進)![6]

한낮 번뇌 망상 내려놓고

소쪽소쪽 소쪽쪽

밤새운 두견책진!

○ 잘 살펴 갑시다. 한시도 멈춤 없음 아는 '나'
미소 두견의.

---

6 선관책진(選關策進)을 빗대어 이른 말. 선관책진은 운서주굉 선사가 참선 수행자
들을 위해 수행의 지침 될 수 있는 조사들의 법어를 모은 책으로 불교 선(禪)의
입문서라고 할 수 있다.

작은 나라 대한민국
작은 나라지만
움직임은 변화무쌍

볼 일이 있어
대구에 다녀왔습니다
맑은 여름날다운 날씨
간간히 하늘에 구름 떠 있는
전형적인 대한민국 여름날

흥해 지날 무렵
여긴 태풍 뒤 끝자리 같이
나뭇가지 흔들며 퍼붓는 비
삽시간에 도로는 물바다
찻길인지 물길인지……
물차길 위로 달음질치매
차는 주춤주춤
퍼붓는 빗속을 구릅니다

한 치 앞이 빗속인 차창 밖

찻길이 제 길인 양
마구 내달리는 빗물
차도에 비 퍼부으며
빗물 전용도로 만들듯
기세등등 달려듭니다
작은 나라 대한민국 날씨는
변화무쌍한 여름 맛
제대로 보여 줍니다

내 몸도
내 맘도 늘 이와 같이
늘 변화무쌍한 꿈틀거림
늘 변화무쌍한 살아있는
내 삶이고
우리들의 삶……!…… '만상'

○ 잘 살펴 갑시다. 변화무쌍함 아는 '나'
미 소 늘 한.

타들어 가는 대지를 보며
마음 애태웠던 날들
가뭄의 그날들 마른장마와
먼 길 가버리고 계절 따른 님
태풍이 생겨나 꿈틀댑니다

텅 비었던
아무것도 없었던 그곳에서
인연 따른 생겨남이 슬슬
조건 쫓는 거대한 세력 태풍
태풍이란 명목으로 휩쓰는
지구의 무법자 태풍 계절

그 태풍 언저리에 할큄이
상처 되어 퍼붓는 빗줄기
성난 듯 마구마구 내리꽂아
땅이 패여 붉음을 토합니다
삽시간에 온통이 물바다
골골 패여 계곡의 삶이
자연 아름다움에는 이러함이

타들어 감에 애타던 마음
내린 폭우가 애태운 계절
계절이 이렇게 돌아드니
세월이란 우리들 뒤안길
흘고 지나가 과거의 강이
흘러 흘러 지금이 되는 날!

O 잘 살펴 삽시다. 나라고 아는 '나'
미소 항상한 。

내…… 꽃
작년에 어떻게 피었기에
나…… 꽃
올해 함초롬히 피었는지
내…… 꽃
내년에는 아름답게 피려나
작년 꽃이 난가?
올해 꽃이 낸가?
내년 꽃은?……

나…… 꽃 어여삐 피고
내…… 꽃 함초롬히 피었네!

내…… 열매
작년에 어떻게 여물었기에
나…… 열매
올해 이렇게 여무는지!
내…… 열매
내년에는 또 그렇게…… '돌'
작년 씨앗이 나인가?

올해 여묾이 내인가?
내년 꽃이 낸가?

나…… 씨앗 알토란같이 썩고
내…… 씨앗 연꽃처럼 피는
우린 한줄기 청아한 하늘
봄 여름 가을 겨울!

꽃피니 열매 맺고
열매 지니 썩음이라
썩어 썩음 홋홋한 '나'
밤길 홀로 등진 '해'
낮길 홀로 등진 '달'
팬스레 분주한 '나'
!!?……오늘'!'

O 잘 살펴 갑시다. 피고 지는 속 아는 '나'
미소 피는.

숱하게 지나간 날들
그 날들 속에는 울고 웃음이
갖은 고난이 묻혀 가고
온갖 시름이 시름 져
삶의 지지대가 되었고
지금을 있게 해 준 업의 소산

지금도 멈춤 없이
어디론가 흐르는 세상사
멈춤이 없기에 삶이고
멈추지 않기에 삶이다
멈춤은 그 삶의 소멸이며
다른 삶의 태초다
우린 늘 그러하게 돈다

태초
내 생겨남이 태초이고
내 소멸됨이 종말이다
태초란 약속어이며
종말도 약속어이다

우리 수없는 태초와
수없는 종말을 맞으며
홀로 홀로 이어온 길

태초다 종말이다
내 안의 내 일들
나란 무한 반복의 우주
우주(한송뜰)는 우리
그런 '나' 무량한……

그런 우린 한 하늘

O 잘 살펴 갑시다.
말을 넘어선 자리, 말을 여읜 자리 아는 '나'
미소 늘 푸른.

모두가 잠든 삼경에
꼬물꼬물 안개가
은하수에서 태어납니다

깜깜한 밤 남몰래 야심함에
누가 볼세라 은하수 자리 털고 푸시시

삼경이라 고요함에 젖은
한송뜰 한밤 찾은 님
산골 작은 토굴 안개가

까만 밤 하얗게 덮은 구름바다
내 토굴은 조각배
삼경 노니는 한 조각 '나'

구름바다 유유한데
한 누각 내 작은 토굴
한잠 깨어 한담(閑談) 읊음엔
까만 길 은하수 하얗다네

깜깜 어두운 길에는 은하수 저만의 길
홀 날아 젓는 뱃노래
운해 심연 뚫는 서쪽, 서쪽

하늘 나라 소쩍새
밤새운 노랫가락
뉘 구슬프다 하리
마음 하늘 메운 그 소리

삼경 야심함에 안개
하얗게 띄운 바다
별빛마저 숨어 조는데
서쪽, 서쪽 밤새운 이름

삼경 어두움
안개 묻혀 잠든 밤
노랫가락이란
소쩍새 서쪽서쪽 삼경

O 잘 살펴 삽시다. 비틀거림 없음을 아는 '나'로
미소 ○ ○

늙어 늙어서 밤 오면 잠자고
날이 밝아 오면 잠갠다

비 오면 비 바라보고
바람 불면 바람 보며
푸른 하늘 노 젓는

홀홀한 내 배는 한량없는 유랑배
비 오는 긴 밤 뱃놀이
해 뜨면 햇님 따른 뱃놀이
굴러 구르는 소식

늙어 일도 늙어 텅텅한
비 오는 광복절에
뱃놀이 노 젓는 늙은 '이'
한량없는 무랑배
오늘도 행복하소서!

○ 잘 살펴 삽시다. 익어 익는 소식 아는 '나'
미소 이러한

옛 님
몹시 그리운 날

나옹선사 소똥불 헤치며
감자 구워 먹는 맛
왕사니, 국사니 내 알 바 아니요
게을러 콧물도 못 닦는 주제에
어찌 도를 알리오
어찌 도를 알리오!

옛 님 그리 말씀하셨듯이

내도 내 알바 아니오
게을러 콧물도 못 닦는 주제에
어찌 도를 알겠는가
어찌 도를 알수 있으리
어찌…… 도를……!
어찌……'!'

O 잘 살펴 갑시다. 늘 그리운 '나' 소소영영 아는 '나'를
미소 그리움에

깊은 밤
적막강산 뒤흔드는
길 잃은 자식 찾는
어미의 애달픈 소리가
온 산 적시며 지새웁니다

목 놓아 불러 부르다
쉰 목소리 걸걸히 잦는
어미 고라니 애달픈 밤
까맣게 애끓어 찾으매
추적추적 눈시울
비마저 깊은 밤 지새웁니다

날은 밝아 오고
적막강산 슬며시 기지개
귀뚜리 귀뚤귀뚤 울던 밤
먼동에 에둘러 잠자러 가는
밤새운 고라니도
어린아이 찾았는지 잠잠
오는 비는 언제 가려는지

자욱한 안개 뚫고 주룩주룩

밤새운 이들 잠자러 가는데
오는 비는 언제 가려는지
몇 날 며칠 오기만 합니다
이제 그만 가도 되련만
줄줄이 달고 와 머물매
곰팡이들 푸른 살림살이
밤새운 이들 자러 가는 새벽
비도 잠자러 갔으면……

⭕ 잘 살펴 갑시다. 추적거림을 아는 '나'
미소 하얀.

안개가 늦장 부리며 슬슬 지납니다
뭘 그리 밤새워 마셨는지
무거운 발길 부슬부슬하게
삼라만상 내 얼굴 내 어깨 위
내리는 시절 이야기 촉촉
한 폭 한 폭 심겨진 안개비 삶

동해 바다 품에서 태어나
냇강에서 물맴질하며 한 흐름 길에는
예쁜 아이 나쁜 아이
못난 아이 착한 아이
더러운 곳 깨끗한 곳
고루고루 매만져 오는 길
흐르는 한 방울 방울 삶

예쁨엔 예뻐서 한 흐름
못남엔 못나서 한 흐름
착함엔 착해서 한 흐름
나쁨엔 나빠서 한 흐름
더러움도 한 자연 한 흐름

깨끗함도 한 자연 한 흘림
안개 가름 없는 길
한 조각 구름 되고 한 하늘 푸름 됩니다

조각 없는 푸른 하늘
나뉨 없는 푸른 하늘
푸름 됨에 푸름 없고
허공 푸르른 한송뜰(우주)
한송뜰에는 우리인 '나'가
한 하늘 한 점 한 점 없는 한 하늘
한 하늘 우리 우린 '나'
'낸'???
( )……없어라?…… 여여히!……

안개 새벽같이 날아온 날
하얀 비 새벽같이 촉촉한 날
우리들 새벽같이 한 송'이'!

○ 잘 챙겨 갑시다. 이러한 '나'를
미소 촉촉.

내 어린 시절
달빛 은설(銀雪)로 내리던
소양댐 자락 작은 산골
은설 여린 가슴 태워 피고
부엉이 은설에 적셔 울어
서리 서리 은설 서리는데

달빛 은설로 소양호 거니는 한밤
별빛도 쏟아져 부서져
은하수 빛 따라 흘러든
소양호 맑은 물 청평골
청평골 청평사 황면노자(黃面老子)
사바세계 은설히 반개(半開) 유행

한밤 황면노자
삼경 고요히 반개하니
검은 동자 밝은 달 점안
형형한 안광 청평사 뜨락에 검푸르러
은설히 비춰 배입니다

지금도 그러할 소양호
지금도 그러할 청평사
내 그늘져 온 길에 꽃
꽃길 그 길의 청평사
지금도 황면노자 반개로 웃을 청평사

청평사 황면노자
황면노자 그리운 은설
고요히 길 잘 재어 홀홀
청평골 밤 품은 소양호엔
옛길, 그 길 한달음 치는 옛 님
고요한 미소 짓는 달
천강 비춰 소양강 뜬 날!

○ 잘 살펴 갑시다.
황면노자 그 길 여리지 '나' 아는 '나'를
미소 은빛으로 .

한줄기 태풍 끝이
스치고 지나간 자리에는
입추 절기 넘은 가을이
성큼 내 가슴에 왔습니다

그 더운 삼복 뜰
초복 지나고 중복 지나서
말복마저도 지난 자리
고추잠자리와 함께 가을이 날개 저어 왔네요

겨울 봄 여름 지나느라
지리하고 고된 날개일 텐데
한 날개 저은 가을, 그리 내 가슴에 왔네요
하늘은 파랗고 내 마음 파랑인 가을이

녹음이 짙어 칙칙한 응달
응달이 짙어지면 가을 초입
입추 말복 문 닫고 왔네요
정유년도 가을로 익어 가는 계절
내도 그리 익어 가련만

그런 이 순간도 속절없는 '이' 뭣고만
속절없이 찾고 또 찾는'?'
나라고 하는 이 집합체
이 일합상인 '이' 뭣고??
도대체 '나'란 뭔지?

뭐가 있기에 나라고
난데 하며 사는지?
내란 무엇인지?
알 수 없는 ?만
알 수 없어…… 오늘도 뭣고?

여름 넘어 가을 문 열리는
입추 절기 넘어서서……
하염없이 '나' 뭣고?……만!……

○ 잘 살펴 갑시다.
가없는 날 이끌어 온 나를 아는 '나'
미소 가없는.

하도 깜깜해 밝음 찾아 나선 마당
한송뜰은 어둠에 잠겨 깊은 잠에 잠겨 드르렁
한 칸 방 꿈속의 일들

한 칸 방 어둠에 밀려 길사람 막힘없는 한송뜰
오락가락 마당 재는 발길에
드르렁 재우며 하늘 납니다

오랜만에 조우한 좌선대, 좌선대에 누워 하늘 봅니다
노란 빈 조각달은 큰곰이 손짓해 부릅니다
강 건너 저편 카시오페이아에게 가고픈지……

큰곰 한 마리 작은곰 깰세라 몰래
바삐 건너는 은하별강 별처럼 아름다운 님
카시오페이아 님에게로 마음만 바삐 서두릅니다

별들도 오작교 손잡고 건너는 밤
작은곰 북극성 따르는데
큰곰 카시오페이아님 바라만 보는 세월 가없고
조각달 유유히 동쪽 가는데

흰 구름 은하엔 상사(相思)함이 사무쳐 뚝
밝은 빛 유성 은하에 숨는 속

한 빛 긋는 뚝함에 카시오페이아도 눈 깜빡여
깜빡깜빡 눈시울 젖는 밤
가는 여름밤 아쉬워 귀뚤 은하에 보내는 편지 귀뚤이
큰곰도 졸려하는 밝은 아침
작은곰 바쁜 걸음 동쪽에 숨는
카시오페이아도 밝은 아침이라
고요히 잠드는 시간

낸 깨어 별놀이 끝
북극성 이십팔숙들
아침 해 종소리에
새벽강 은하 건넙니다
큰곰도 한잠 푹 대낮으로
아침 달도 하얗게 지러 가는
장닭 우는 새벽 넘은 아침에!

○ 잘 살펴 갑시다. 한 점 없는 −0− 아는 '나'를
미소 그러하게 ▪

한 마을에 사과나무들이 있습니다
한 나무는 아오리란 이름
한 나무는 부사란 이름
한 나무는 월광이란 이름
제멋에 겨워 삽니다
모양도 다릅니다
맛도 다릅니다
색깔도 다릅니다
하지만 사과라 부릅니다

월광의 향긋한 맛과
아오리의 향긋한 맛이
부사의 향긋한 맛은
제멋에 맛이 다릅니다
서로 미묘한 맛과
서로 다른 질감과
서로 다른 날 익어 가지만
사과라 부릅니다

사과들 그렇듯 우리들도 그러합니다

서로 다른 모양
서로 다른 성향
서로 다른 완성기
하지만 우린 사람이라 부릅니다

서로 다름을 인정하고
서로 다름을 보듬어
서로 다름에 하나 된 우리
우린 그리 원만함을 이룹니다
우린 우리니까
큰 한마음 한 몸인 진실입니다

〇 잘 살펴 갑시다. 우리라 아는 '나'
미소 하나인

긴 날을 그리 퍼붓더니
싫증났는지 어디론가 훌쩍……
뭉게뭉게 몇 조각만 빈 하늘 떠돕니다

빈 하늘 허전할까봐
몇 조각만 남기고 구름 구름 져 갔습니다
매일 맞는 첫새벽 하늘에는
쓰다 남겨진 하늘국자
사성(四星)은 잠 그늘에 들고
삼성(三星)만 남겨져
샛별 온다고 저리 좁니다
밤길 따라서 꾸벅꾸벅

샛별, 어둠 뚫어 일어난 새벽
옛 님도 이러히 첫새벽에 본 샛별
내도 이 첫새벽에
떠오른 샛별 보지만
아는 것이라곤 큼지막한 놈이
유난히 반짝인다는 것
남은 잠자러 가는데

샛별 저는 저리 눈 크게 뜨고
새벽 왕자라 합니다

옛 님
샛별 보고
천하와 한 몸 한마음 이루었는데
낸
재는 샛별, 내는 이리 무지렁 무지
'확'연 무성!?……

밤샌 샛별 집으로 가고
긴 밤 잔 낸 몽롱 깬
새벽 한 시절 매미도 바삐 울어댐은
가는 여름 아쉬움에 익혀 가는 계절이라고
나름들 익어 가는 소리들
먼 동 튼 아침 향기!……

○ 잘 살펴 갑시다. 흐름 속 아는 '나'
미소 한소리.

머물지 않는 세월
쉼 없는 생존
그리
가없는 날
이어
이어 온 우리

머물지 않고
쉼 없이
그리
가없는 날
이어
이어 갈 우리

함께인 세상
함께 살아가는 우리
다툼 없이
서로 존중하며
이어진 길
손잡고 이어 갑시다

우린

커다란 하나니까

서로 돕고

서로 의지하며

그렇게 살아갑시다

O 잘 살펴 갑시다. 그렇다고 아는 '나'
미소 이어짐에

자연이 그려내는 일상
늘 한결같지만
늘 찰나도 멈춤 없이
요동쳐 돌아갑니다

잠시 전만 해도
흰 구름이 오며 가며 얘기하던 파란 하늘
그 하늘에 한 귀퉁이가 요동칩니다

우루쿵쾅, 먹구름 심술이 줄줄
줄줄 끊이지 않는 심술
끊이지 않을 것 같던 심술
그 심술도 언제인 양
전형적인 가을 파란 하늘
흰 구름 띄워 놉니다

한순간도 한결같지 않은 놀이들
놀이마당 한송뜰에는
가지가지 이야기가 흘러 흘러 돕니다
살아 있다고 생동을 이야기하며 지나가는 세월

세월 한 자락이 멈춰 쉬어 쉬는 일
언감생심 있을 수 없고 있어서 아니 되는
늘 그러하게 생동인 요동
그리 늘 마음 바삐 돌고
그리 몸마저 바삐 돕니다

늘 늙음을 향한 발길
늙지 않으려 안달복달한들
세월의 요동엔 부질없는 몸
맘이야 늘 그러할진대
몸이야 그리 늙어 감에
언젠가 이별할 몸과 마음

이 생엔 한시도 떨어진 적 없지만
내생(來生)에는 다른 삶 다른 이로 살 텐데
맘 늘 그러한데
몸 늙어 가는 날에 회심!

○ 잘 살펴 갑시다. 끝없는 길 아는 '나'
미소 그러하게.

왜 이리 빠른가?
왜 이리 빠른지!
돌아가는 시계바늘
걷잡을 수 없는 세월이
팔월 마지막 토요일

엊그제 맞은 정유년이
팔월을 지나
찬 얼굴 내밀며 구월로
하얗던 안개가
하얀 서리로 올 참인지
아침이 서늘합니다

계절은 어기는 일 없이
제 몫 확실한데
우리네
인생은 그날이 그날
맹추가 따로 없어
세월만 먹습니다

먹어도 소화는 0

느는 건 이마에 주름

주름짐에 기억은 가물가물

뭘 해도 어눌한 늙음

늙음이 젊음으로 가는

이 세월의 참을

우린 알까? 모를까?

그저 부질없이

금까마귀 옥토끼만

밤새워 오르내리는

한……세월 '!'

○ 잘 챙겨 갑시다. 찬 기운 아는 '나'
미소 가을날.

함초롬히
턱 괴고 열린 눈이
창밖을 봅니다

무창골
여전히 여몽한 마음
마음 그늘에는 이는 바람만

바람
한 자락이 잡히어
고갯길에 저무는 아롱

서산
노을 진 오색구름
한바탕 꿈 희어져 가는데

꿈이어라, 한 조각 마음
한바탕 연 함초롬
인생 한마당 한바탕 꿈

한 조각 뜰
한바탕 넓은 뜰
하늘 땅 한바탕 뜰

우린
그런 한바탕 그림들
한 사람
한…… 사람 한바탕 한송인(人)

우린
그런 홀로 존귀한 내 님
우린
그런 홀로 명품 한송인
우린!…… '그런 님들'

○ 잘 챙겨 갑시다. 내가 내 님임을 아는 '나'
미소 활짝 핀.

철우(鐵牛)를 타고
먼 길
여행길에 나선 날

쭉
한
길
길게 닦아 놓고
막힘없이 뚫어 놓고
늘 오고 가는 이
가림 없이
길 되어 줍니다

빨강 파랑 노랑
까망 하양 은빛 보라
형형한 철우들
길 위에 무한한 경쟁
서로 눈치 보며 뒤질세라
눈치 보며 냅다 달립니다

철우는
매일 기름만 먹습니다
누런 소는 초잎만 먹고
애들 식성이 다 다릅니다
다양한 입맛

눈 퍼렇게 뜬 철우
먼 길이 순간의 시작
철우 기름 한입 물고
낸 초잎 물고 철우와 함께
늘 한 마음
늘 한결같이 여행
늘 한결같은 마음
늘 늙어 가는 몸이여!

○ 잘 살펴 갑시다. 늘 변화하는 몸 아는 '나'
미소 함께한。

어제가 음력 칠월칠석
견우 직녀가 만나는 날

언제부터인지 알 수는 없지만
우린 늘 그렇게 7월 7일을
칠월칠석이라고 재일을 정해
기려 오고 기려 간다

칠월칠석, 견우와 직녀가
금까마귀들이
은하의 깊고 맑은 강 이은 다리
오작교를 건너서 일 년에 한 번 만난다는 날
칠월칠석!

7이 7과 겹치는 7월 7일
옛 님들께서는 그리 숫자 개념에도
진리의 길을
정도의 삶을
가르치며 배워
'나'를 완성시켜 간다

칠월칠일에 자아를
완성하는 의미
견우 직녀가 오작교 눈물의 해후!?

절절한 그리움
애절한 그리움
365일 그리움
7월 7일의 만남
견우 직녀라
오작교 통한 해후?'!'

우리 늘 한결같이 만나고
우리 늘 한결같이 헤어지는 삶

우리 늘 한결같은 우리이길
한 손 한 손이 은하를 이어 맞잡은 손
한송뜰 우리 되는 날'!'……?

O 잘 살펴 갑시다. 만남의 내 아는 '나'를
미소 해후

한 칸 방
깊은 잠에 들었는데
앵앵거리며
잠 깨우는 모기 한 마리

진한 내 향기에
한 모금하러 왔나 봅니다
거대한 내가
쟤들에겐 먹이통

한 모금 줘도 되련만
본능적으로 쫓아버리는
매정한 내
먹이 놓친 모기는
날갯짓 힘없이 앵앵

허락도 없이
시시탐탐 노리는 홈 짓
몰래 먹다 들키면
이번 생 하직하는 안녕

안녕 이은 안녕이란
내 생인데
내 생의 모습은 어떤 모양?

탈
어떤 것을 쓰느냐에
모양이
장식이 달라지는 삶
생과 사?

왜?
왜??

⭕ 잘 살펴 갑시다. 모양에 따른 삶 아는 '나'
미소 아름답게.

한 순간의 삶
천년, 만년 사는 것 같지만
우린 늘 한순간의 삶

찰나가 내생(來生)이 되고
찰나가 이번 생인 삶
끝과 시작은 한 끈에 매여
늘 대롱대롱한 삶

거미줄이야 눈에 보여
걷어내면 되지만
내 삶의 거미줄 한 치도 보이질 않아
늘 안개 속인 내 삶들

순간의 일도 몰라
닥쳐와야 아픔 알고
아픔 느끼면
남 원망, 남 탓에 얽매이는
거미줄처럼 얽혀진 삶

삶
순간에 살고
순간에 지는 꽃
그
한순간에
피고 지는 꽃인데
뭘
그리 고뇌할꼬……

뭘
그리, 그리……

찰나에 꽃
찰나에 피고 지는……
찰나만
찰나만 멎짐에 들자
오롯이 들자

○ 잘 살펴 갑시다. 고뇌라고 아는 '나'
미소 순간의 。

보허당

만행의 구도자,
지친 마음을 어루만지는 따뜻한 손길의 스승,
세상의 평안을 기도하는 수행자.
한반도 동쪽 끝, 고래의 전설이 내려오는 곳에 터를 잡고
고래 불(佛)이 된 이.

모두가 꽃이다 : 봄봄

초판 1쇄 인쇄   2019년 6월 05일
초판 1쇄 발행   2019년 6월 20일

지은이 / 보허당
펴낸이 / 정용우

편집 / 김재희
디자인 / 장주원

펴낸곳 / 한송뜰
출판등록 2018년 12월 31일 2018-000015호
주소 울산시 남구 수암로 129번길25 301동 2404호
전화 070-8861-4755
전송 052-261-2009

ISBN 979-11-966221-2-1 04810
       979-11-966221-1-4 (세트)

이 도서의 국립중앙도서관 출판예정도서목록(CIP)은 서지정보유통지원시스템(http://seoji.
nl.go.kr)과 국가자료종합목록시스템(http://www.nl.go.kr/kolisnet)에서 이용하실 수 있습니
다.(CIP제어번호: CIP2019021667)